Elisabeth Schmitz

Die kleine vergessene Pflanze

FSC
www.fsc.org
MIX
Papier aus verantwortungsvollen Quellen
Paper from responsible sources
FSC® C105338

Bibliografische Information der Deutschen Nationalbibliothek: Die Deutsche Nationalbibliothek verzeichnet diese Publikation in der Deutschen Nationalbibliografie; detaillierte bibliografische Daten sind im Internet über dnb.dnb.de abrufbar.

Verlag: BoD · Books on Demand GmbH, Überseering 33, 22297 Hamburg, bod@bod.de
ISBN: 978-3-8192-9475-4

Druck: Libri Plureos GmbH, Friedensallee 273, 22763 Hamburg

Für meine beiden Schwestern
Anna und Hedwig,
mit denen ich seit ihrer Geburt
eng verbunden bin

Vorwort

Ich habe dieses Buch geschrieben, um Menschen aus ihrem Alltag zu entführen, damit sie sich nach der Hektik des Tages mit kleinen Geschichten zurückziehen können.
Mögen sie dir Freude und Ruhe geben, oder dir die Zeit beim Warten verkürzen.

Es könnte auch ein kleines Geschenk für einen lieben Menschen sein. Ob zum Geburtstag, zu Ostern, zum Muttertag oder zu sonstigen Anlässen. Es gibt so viele Möglichkeiten, einem anderen Menschen eine Freude zu machen.

Mir schenkst du Freude, wenn dir das Buch gefällt. Also nimm dir Zeit und tauche ein in meine Erzählungen über Erinnerungen, Erzählungen aus dem Leben, Mystik und Herzenswärme. Ich wünsche dir viel Freude beim Lesen.

In meinem alten Poesiealbum habe ich diesen Spruch von Marie Calm gefunden, der so vieles aussagt: „Willst du glücklich sein im Leben, trage bei zu anderer Glück, denn die Freude, die wir geben, kehrt ins eigene Herz zurück."

Inhaltsangabe

1

Die kleine, vergessene Pflanze

Die Schöpfung hatte allem einen Namen und eine Farbe gegeben, und jeder wusste, welche Aufgabe er auf dieser Welt hatte.
Sie lehnte sich zurück und betrachtete ihr Werk.
In diese Stille kam aufgeregt ein Rabe und krächzte: „Hey, Schöpfung, du hast ja wohl etwas vergessen! Sieh mal da!“
Er zeigte auf die Erde, und sie sah dort eine weiße, große Gans, die schnatternd herumlief.
„Du bist ein Rabe und das ist eine Gans und dort drüben singt eine Nachtigall. Alles ist richtig“, sagte die Schöpfung.
„Nein, ist es nicht. Komm mit.“
Also ging die Schöpfung mit dem Raben. Und tatsächlich sah sie eine kleine Pflanze, die sich noch kleiner machte, als sie die Schöpfung sah.
„Siehst du“, sagte der Rabe. „Ich habe es dir ja gesagt. Sie hat keine Farbe und auch keinen Namen. Kräh… Einfach vergessen!“

Die Schöpfung ging zu der Pflanze, sah sie sich ganz genau an und sagte: „Oh, du bist ja 2 Millionen 538 Tausend 312. Dich habe ich vergessen. Alle Farben sind schon vergeben. Du solltest ursprünglich eine Sonnenblume werden, aber von dieser Gattung gibt es nun schon so viele. Was tue ich nur mit dir?“

„Mach sie schwarz“, sagte der Rabe. „Das ist eine gute Farbe und es gibt davon nicht so viele.“
„Möchtest du schwarz sein?“, fragte die Schöpfung.
„Nein“, sagte die kleine Pflanze. „Besser nicht. Eine Sonnenblume wäre schön.“
„Das geht leider nicht. Die sind schon alle vergeben“, sagte die Schöpfung.
„Mach sie doch weiß“, sagte die Gans.
„Weiß wäre gut, aber besser noch eine Sonnenblume“, meinte daraufhin die kleine Pflanze.
„Gut“, sagte die Schöpfung, „dann wirst du eine weiße Sonnenblume, musst aber so klein bleiben. Da du die Farbe der Gans bekommen hast, nenne ich dich Gänseblümchen. Zwar wirst du klein sein und sehr bescheiden, aber du wirst robust sein. Du kannst überall wachsen; zwischen Steinen und auf Sand oder auf Lehm. Du wirst ein gelbes Gesicht bekommen und viele weiße Strahlen. Im Lateinischen wirst du Bellis heißen, und das bedeutet ‚schön‘.“

Das Gänseblümchen freute sich so sehr, dass manche ihrer weißen Strahlen an den Spitzen etwas rot wurden. Sie war sehr zufrieden und dankte ihrer Schöpfung.
Nun wurde das Gänseblümchen die bekannteste Blume. Sie ist eine der ersten Blüten, die wir als Kinder kennengelernt haben.

Fazit:

Jedes Wesen auf dieser Erde hat eine Seele. Die unscheinbaren werden von uns nicht gut behandelt, aber sie erfreuen uns trotzdem.
Kinder machen sich aus Gänseblümchen schöne Kränze und Verliebte ziehen die Blütenblätter heraus und sagen: „Er liebt mich, er liebt mich nicht…“ Wer kennt es nicht?
Und nicht vergessen dürfen wir die Heilwirkung. Das Gänseblümchen ist nicht umsonst die Heilpflanze des Jahres 2017 geworden. Sie hilft

uns bei Blutungen, Hämatomen, Prellungen, Ekzemen, Gastroenteritis, Hautkrankheiten oder Rheuma.

Wir sollten achtsam durch die Natur gehen. Wie viel interessanter und schöner sie doch ist als Steinbauten oder das Smartphone.

Auf unscheinbare Menschen sollten wir auch achten. Sicherlich können wir so manch Wunder-bares erfahren.

2

Kater Carlo

Kater Carlo war ein besonders schöner Kater, und er war sich dessen auch bewusst! Immer wieder wurde es ihm gesagt, und dabei wurde er liebevoll gestreichelt.

Seine Geburt war nicht gut gewesen, denn er war von einer streunenden Katze in einem Dornengebüsch geboren worden. Sein Glück war, dass er so eine laute Stimme hatte und von lieben Menschen geborgen werden konnte. Er wurde mit einem Fläschchen großgezogen, denn seine Mutter war offenbar gestorben und war nie mehr gesehen worden. Obwohl er nicht nachvollziehen konnte, weshalb sein Herrchen und sein Frauchen ständig fortgingen, war ihm bewusst, dass sie in Kürze wieder zurückkehren würden. Es war immer so.

Er reckte sich auf seiner Kuscheldecke, streckte jede seiner Pfoten einzeln von sich und gähnte noch einmal herzhaft. Dann stand er gemächlich auf und ging zu seinem Teller, um zu schauen, was es heute Gutes gab. Jawoll, Rind in Sauce, das gehörte eindeutig zu seinen Lieblingsgerichten. Laut schmatzend genoss er sein Mahl, trank etwas Wasser und ging zum Katzenklo. Es kam noch die ausgiebige Wäsche hinzu, und der Tag konnte beginnen. Mal schauen, was er ihm heute bescheren würde!

Ein Vogel in der Vogeltränke vor dem Fenster weckte seine Neugier. Zu dumm, dass eine Scheibe zwischen ihm und der Meise war, denn er hätte sie gerne gefangen und seinem Frauchen als Geschenk gebracht.
Um den badenden Vogel besser sehen zu können, kletterte er an einem Zierband der Gardine, das ca. 3 cm breit war, bis zum oberen Rand des Fensters. Das Bändchen wickelte sich um seine Pfote, und Carlo hing wie eine Marionette vor der Scheibe. Je mehr er sich bewegte, desto

mehr wickelte er sich in das Band, und Carlo miaute verzweifelt um Hilfe. Die Meise war schuld; wie er sie hasste!

Immer weiter wickelte er sich in das Band, und ein Abwickeln war nicht mehr möglich. Mit letzter Kraft zappelte er hin und her, wippte vor der Scheibe auf und ab, bis plötzlich das Band riss und Carlo auf den Fußboden knallte. Er hatte sich nicht abstützen können und fiel wie ein Stein auf seine Schulter. Eingewickelt robbte er zu seiner Kuscheldecke und bedauerte sich zutiefst. Wenn doch nur jemand von seiner Familie käme! Er wusste, dass es noch dauern würde. Mit Schmerzen in der Schulter und sehr traurig, gab er einen stöhnenden Laut von sich und schloss die Augen.
Da vernahm er ein leises Rascheln. Das eine Ohr, das noch frei war, stellte er steil in die Höhe und schaute zum Oberlicht des Fensters. Eine kleine Feldmaus roch das Katzenfutter und versuchte, durch den schmalen Schlitz des Fensters in das Zimmer zu gelangen. Carlo war verzweifelt! Jeder Muskel seines Körpers war angespannt, aber er war machtlos.
Die Maus war nun schon fast im Raum, und Carlo wusste, dass er nun alles riskieren musste. Trotz seiner Schmerzen stützte er sich mit der Kraft der Muskeln ab, sauste über den glatten Fußboden und prallte mit dem Hinterteil an den Heizkörper. Er war nur noch ein Häufchen Elend! Voller Verzweiflung drehte er den Kopf zum Oberlicht und sah sofort, dass seine Aktion Erfolg gehabt hatte. Die Maus war weg!

Carlo wusste nicht, wie lange er so ramponiert vor der Heizung gelegen hatte, aber als er den Türschlüssel im Schloss hörte, dachte er, er sei im Himmel. Sein Frauchen kam zu ihm und nahm ihn hoch, um ihn auszupacken aus seinen Schnüren. Es war ihm egal, dass sie mit ihm schimpfte und auch die Schmerzen ertrug er tapfer. Beim Streicheln und Berühren seiner Schulter schrie er allerdings laut auf, denn der Schmerz war nun unerträglich.

Gerne ging Carlo nicht zum Tierarzt, aber heute war ihm alles egal. Dort angekommen, bekam er erst einmal eine Spritze, und schon bald konnte er sich bewegen. Die Schulter war nicht gebrochen, denn das Band hatte wohl alles zusammengehalten. Aber es war eine starke Prellung, die bandagiert werden musste. Carlo wusste nicht, wie ihm geschah, als man ihn wieder einwickelte. So brutal hatte er die Menschen noch nie erlebt! Ich kriege das schon hin, dachte er. Meine Zähne sind ja frei, und morgen ist es durchgebissen. Doch auch dies hatte man ihm vermasselt, denn er bekam einen Leckschutz um das Maul, das ihn hinderte, dort etwas abzuknabbern.

Spät am Abend, zu Hause, bekam er jedoch von seinem Herrchen viele vorsichtige Streicheleinheiten. Carlo legte sich schnurrend auf den Schoß seines Frauchens, und die Welt war wieder ziemlich in Ordnung. Zwei Tage lang waren seine Menschen um ihn, denn es war Wochenende.
Sie waren so liebevoll zu ihm und hatten den Fetzen des Bandes, der noch am Fenster hing, entfernt. Ein neuer wurde nicht aufgehängt, aber Carlo wäre dort sowieso nicht wieder hinaufgeklettert. Er schaute zum Oberlicht.
Wenn nun die Feldmaus wiederkäme, könnte ich an dem Plissee vor dem Fenster bis nach oben klettern und sie fangen, dachte er verträumt. Aber glücklicherweise war die Maus nie mehr wiedergekommen.
Das Leben einer Katze kann ganz schön spannend sein.

3

Rote und weiße Rosen

Trine wohnte allein in einem alten, baufälligen Haus am Rande der Stadt in Waldnähe. Manch einer dachte, dass die alte Dame dort sehr einsam sei, aber das stimmte nicht. Trine hatte viele Tiere, die alle im Wald lebten und zum Fressen zu ihr kamen. Im Sommer sammelte sie Eicheln und Kastanien für die Eichhörnchen, Mäuse, Vögel und Rehe. Sie hatte aus Brettern einen Unterstand gebaut, mit einer Sense das Gras gemäht und es getrocknet, damit die Tierlein sich auf dem Heu im Winter wärmen konnten.

Die Waldtiere waren wichtig für Trine, denn sie hatte vor Jahren ihre Tochter verloren, die aus dem Schulbus gestiegen war und, ohne zu schauen, direkt in ein Auto gelaufen war. Ohne die Waldtiere hätte Trine ihr Leben nicht fortsetzen können, aber hier wurde sie gebraucht, so wie sie auch die Tiere brauchte. Ein Reh war besonders zutraulich und fraß Trine schon fast aus der Hand.

Eines Morgens nahm sie das wenige Geld, das sie von ihrer kleinen Rente noch besaß, und ging durch den Wald zur Bushaltestelle. Sie fuhr in die Stadt, um Rosen für das Grab ihrer Tochter zu kaufen, wie sie es jedes Jahr an deren Geburtstag tat. Immer waren es rote und weiße Rosen, denn diese mochte ihr Mädel so gern.

Trine schaute sich die schönen Blumen an, die vor dem Blumengeschäft ausgestellt waren, und freute sich über die bunten Farben der Blüten.
Ein elegant gekleideter Mann, der etwa 50 Jahre alt war, ging an ihr vorbei, und Trine hatte das Gefühl, dass sie diesen Mann schon einmal gesehen hatte. Aber sie verwarf diesen Gedanken sofort wieder und schaute sich noch etwas um. Durch die Scheibe sah sie die Rosen, die

sie kaufen wollte und schaute noch einmal in ihre Börse, wie viel sie ausgeben durfte. Für 5 Rosen würde es reichen; 3 rote und 2 weiße.

Sie sah sich noch eine Weile die bunten Blumen an, bevor sie den Laden betrat. Voller Schreck stellte sie fest, dass der vornehme Mann alle roten und weißen Rosen gekauft hatte und wurde blass im Gesicht. Wäre sie doch nur gleich in den Blumenladen gegangen, dann hätte sie die Rosen bekommen! Die Verkäuferin, die Trine schon kannte, kam auf sie zu, und die bescheidene Frau fragte, ob noch weitere Rosen da wären.
Die Verkäuferin verneinte und meinte traurig: „Morgen gibt es wieder welche, Trine. Möchtest du vielleicht rote und weiße Nelken kaufen in diesem Jahr?“ Nein, das wollte sie nicht.
So ließ sie Trine vor dem leeren Roseneimer stehen, und die traurige Frau rief hinter der Verkäuferin her: „Ich brauche doch nur 5 Rosen, rote und weiße.“
Niemand beachtete sie, und mit hängenden Schultern verließ sie den Laden. Zuerst überlegte sie, ob sie doch andere weiße und rote Blumen zu ihrem Kind bringen sollte, aber dann entschloss sie sich, morgen noch einmal zu dem Blumenladen zu gehen.

Traurig saß Trine an der Bushaltestelle, als sie bemerkte, dass ein Auto vor ihr hielt. In dem Wagen saß der vornehme Mann, den sie zuvor in dem Blumenladen gesehen hatte und der ihr die Rosen vor der Nase weggekauft hatte. Er stieg aus, ging zu Trine und fragte sie, ob er sie nach Hause bringen dürfe und gab ihr seinen Blumenstrauß: 20 rote Rosen und 10 weiße. Eine große Plastikvase war auch dabei. Mehr wären in dem Laden leider nicht gewesen, meinte er.
Wieder hatte Trine das Gefühl, den Mann schon einmal gesehen zu haben.
Er hat genau solche schönen Augen, wie das Rehlein, das immer so zutraulich zu mir kommt, dachte sie. Aber ganz schnell verwarf sie diesen Gedanken wieder.
„Bitte nehmen Sie die Rosen an“, sagte der Mann. „Ich kann mir morgen wieder welche holen, denn meine Frau hat erst morgen Geburtstag. Steigen Sie ein, ich fahre Sie nach Hause.“

„Nein, das geht nicht“, sagte Trine. „Ich muss die Blumen zum Grab meiner Tochter bringen“ und zeigte mit dem Finger zu dem großen Eisentor des Friedhofs.
„Ich bin in einer Stunde wieder hier“, sagte der Mann in dem schönen, braunen Mantel.
Trine antwortete nicht und ging gerührt zum Friedhof, wo sie ihrer Tochter diese seltsame Geschichte erzählte.

Nach etwas mehr als einer Stunde ging Trine wieder zur Bushaltestelle und staunte nicht schlecht, als sie sah, dass das Auto des eleganten Mannes tatsächlich auf sie wartete. Der Mann hatte sie schon von weitem gesehen und kam ihr entgegen.
„Kommen Sie, Trine“, sagte er höflich, nahm ihren Arm und führte sie zu seinem Auto.
Trine schaute ihn lange an, als sie in dem Wagen saß, und sagte: „Ich habe mich noch gar nicht für die Rosen bedankt. Sie waren sicherlich sehr teuer, und so viel Geld habe ich nicht, aber ich werde Ihnen geben, was ich habe.“ Sie kramte ihr Portemonnaie hervor und legte den Inhalt auf die Konsole des Wagens. Der Mann sagte nichts und ließ das Geld dort liegen, wo sie es hingelegt hatte.

Schweigend fuhren sie die Landstraße hinab bis zur Hütte, in der Trine wohnte. Sie hatte ihm nicht gesagt, wohin er fahren sollte, und es fiel ihr erst später auf. Als sie ausstieg, gab der Mann ihr eine Papiertasche und sagte: „Ich war in der Zeit, als Sie auf dem Friedhof waren, noch etwas besorgen und möchte es Ihnen gern schenken.“ Trine nahm die Tüte und konnte nichts sagen. Erstaunt schaute sie den Mann an, und bevor sie ihm die Tasche zurückgeben konnte, war er schon eingestiegen und hupte zweimal zum Abschied.

Trine ging ins Haus und schaute, was in der Papiertüte war. Sie zog einen braunen, weichen und warmen Wintermantel heraus und einen Briefumschlag. Sie öffnete ihn und sah, dass er 500 Euro enthielt und ein Kärtchen, auf dem stand: Liebe Trine, das hast du dir verdient. Bewahre dir dein gutes Herz. Ein Freund.

Sie zog ihren alten, verschlissenen Mantel aus und legte ihn über einen Stuhl. Den bringe ich nun in den Stall, damit sich die Tiere darauf legen können und es warm haben, dachte sie. Sie schaute nach, ob noch etwas in den Taschen war und zog 5 Eicheln und etwas Heu heraus. Waren sie auch schon dort, bevor sie den Mantel heute angezogen hatte? Ja, das musste wohl so gewesen sein. Wie denn auch sonst?

Der vornehme Mann fuhr am nächsten Tag wieder zum Blumenladen, um die Rosen für seine Frau zu kaufen.
„Danke, dass Sie mir gesagt haben, was es mit Trine auf sich hat, als sie gestern vor dem Schaufenster stand. Sie ist wahrlich eine ganz besondere Frau“, sagte er zu der Blumenverkäuferin. Ich habe damals alles versucht, das Leben ihrer Tochter zu retten und weiß noch heute, dass es für diese Frau nicht einfach war. Trotzdem hat sie nicht aufgegeben, ist gütig, hilfsbereit und mitfühlend.“
„Ja“, sagte die junge Verkäuferin, „das ist sie wirklich. Ich wäre traurig gewesen, wenn sie die Rosen für ihr einziges Kind in diesem Jahr nicht bekommen hätte. Sie sind ein guter Mensch, Herr Doktor.“
Der Mann nickte und sagte: „Sie aber auch! Ich komme gerne wieder. Auf Wiedersehen.“

4

Der Mond hat nun die Ohren

Jochen saß an diesem Dienstag an dem kleinen Teich, wo er damals auch mit Karin gewesen war. Die alte Bank stand noch immer da, wo sie früher auch gestanden hatte.
Fast jeden Tag war er hier gewesen und hatte mit Karin die Enten gefüttert. Aber seit seine Frau nicht mehr da war, tat er es nicht mehr. Er hörte die Enten am anderen Ufer schnattern, da sie sich ihm nicht mehr näherten. Jochen war einsam!

Er konnte nicht mehr gut sehen und seine Knochen knackten. Das Einzige, das noch ziemlich gut funktionierte, war sein Gehör. Andere in seinem Alter hatten ein Hörgerät, aber bei ihm war dieses nicht erforderlich. Er spürte, dass es kühler wurde und stand mühsam auf, um nach Hause zu gehen. Dort setzte er sich mit einer heißen Tasse Tee in die Nische seines Balkons und hüllte sich in eine Decke.

Der Mond war voll und erleuchtete seine Tasse, sodass er sehen konnte, wie viel er bereits getrunken hatte. Er schien immer heller zu werden, und Jochen glaubte, dass er das Gesicht im Mond deutlich erkennen konnte. Dann geschah das Unfassbare: Der Mond bewegte seine Lippen und sprach zu ihm.
„Hallo Jochen“, sagte er, „wieso bist du so traurig? Du hast alles, was dein Leben gut macht.“
Jochen starrte den Vollmond an und sagte, nachdem er sich vergewissert hatte, dass ihn keiner hörte: „Alles, was ich habe, brauche ich nicht. Das Einzige, was meinem Leben einen Sinn geben würde, das wäre, meine Frau Karin noch einmal zu sehen! Aber du kannst ja nicht verstehen, wenn man sich etwas so sehr wünscht.“

Der Mond wurde etwas dunkler und meinte: „Was du sagst, kann ich nicht verstehen, denn ich höre dich ja nicht!“ Deshalb schrieb Jochen diese drei Sätze auf einen Zettel, und der Wind trug ihn zum Mond.
Der wurde wieder heller und sagte: „Wie gerne hätte ich dein Gehör! Wenn du deine Ohren nicht brauchst, könntest du sie mir geben. Deine Frau kann ich dir dafür nicht zurückgeben, aber ich kann deine Gelenke wieder fit machen, mit meiner magnetischen Kraft. Dein Blut wird wieder leicht durch die Adern fließen und alles 20 Jahre jünger machen. Oh bitte, das wäre für mich eine große Freude.“

Jochen dachte eine Weile nach und kam zu der Einsicht, dass er seine Ohren nicht benötigen würde. Was konnte er hier schon hören? Den Lärm der Autos auf der Straße oder das Kindergeschrei auf dem nahen Spielplatz?
„In Ordnung“, sagte Jochen und nickte eifrig zur Zustimmung. „Wenn du dein Versprechen hältst, dann kannst du meine Ohren haben!“
Der Mond verstand seine Gestik und musste vor Freude aufpassen, dass er die Flut in der Nordsee nicht zu stark an den Deich klatschen ließ. Es klang so wunderbar für ihn, wie der Wind in den Bäumen rauschte und die Wellen der Weltmeere ihre Melodie sangen, als er sich das Gehör von Jochen nahm. Jochen wusch seine Tasse ab und ging ins Bett.

Am nächsten Morgen schaltete er den Fernseher wie immer an, um die Nachrichten zu hören. Aber er hörte nichts! Oje, dachte er, nun muss ich mir eine Zeitung vom Kiosk kaufen. Einen Fernsehtechniker wollte er auch anrufen, damit er ihm die Untertitel im Fernseher einstelle. Ach nein, er konnte ja auch nicht telefonieren.
Er zog sich nach dem Frühstück eine Jacke an und ging zum Kiosk. Die nette Dame mit dem kleinen Hund von nebenan sagte etwas zu ihm, was er natürlich nicht verstand, und er ging einfach weiter. Nichts tat mehr weh, und Jochen überlegte, ob er nicht joggen gehen solle, wie die Dame, die ganz oben wohnte. Sehen konnte er auch wieder gut. Ich habe ein gutes Geschäft mit dem Mond gemacht, dachte er.
Fast wäre er vor ein Auto gelaufen, das er nicht hatte kommen hören. Der Fahrer zeigte ihm einen Vogel, was Jochen ignorierte.

Im Kiosk nahm er die Tageszeitung und schaute den Verkäufer an, der wohl etwas gesagt hatte. Jochen nahm sein Wechselgeld und ging hinaus.
Sein Freund Steff war auf der anderen Straßenseite und winkte. Jochen sah es wohl, aber er ging schnell weiter. Wie hätte er Steff erklären sollen, dass er nun nichts mehr hören konnte?

Den ganzen Tag ging es so weiter, und Jochen vermisste sein Gehör immer mehr. Die quakenden Enten am anderen Ende des Teiches, den Wind in den Bäumen, die Kinder und die lauten Autos, alle Geräusche fehlten ihm. Zwei Tränen liefen ihm die Wangen herab, und er erzählte dem Foto seiner Frau, dass er nun noch einen Grund mehr zur Trauer hatte. Er nahm sich eine Tasse Tee und ging wie immer zur der Nische auf dem Balkon.

Da war er wieder, dieser Mond mit seinen Ohren! Jochen schaute ihn an und sah, wie der Mond die Lippen bewegte. Jochen hob seine Schultern und weinte.
„Bitte, Mond, gib mir meine Ohren zurück! Ich leide so sehr und brauche sie doch!“
Traurig schaute der Mond auf die Erde und sagte: „Hier hast du deine Ohren zurück. Meine Stimme muss ich morgen auch wieder abgeben, denn sie war mir nur geliehen worden. Aber ich habe nun alles kennengelernt, was ich immer gerne wissen wollte. Ich weiß nun, dass ich auch ohne dieses klarkomme.“ Jochen hatte alles verstanden. Er hätte den Mond umarmt, wenn er nicht so weit entfernt gewesen wäre!

Am nächsten Morgen, es war schon hell, erwachte Jochen in seinem bequemen Sessel auf dem Balkon. Der Mond war bereits wieder fort, und Jochen stand mit knackenden Knochen auf. Wie schön, dachte er, als er sich reckte. Er machte sich sein Frühstück, öffnete das Fenster, um die wundervollen Geräusche dort draußen zu hören. Nach dem Frühstück rief er seinen alten Freund Steff an, und dieser freute sich, dass er nach so langer Zeit wieder etwas von Jochen hörte.

Nach dem Telefonat schaltete er den Fernseher ein und konnte alles hören! Die Sprecherin der Nachrichten sagte den Wochentag und das Datum.
„Das ist ja wohl nicht wahr! Es ist Mittwoch“, sagte er zum Foto seiner Frau. „Karin, gestern war Dienstag, und ich habe die ganze Geschichte mit dem Mond wohl nur geträumt! Aber ich habe dadurch gelernt. Jetzt weiß ich, dass man alles so annehmen muss, wie es kommt, und dann ist man auch zufrieden. Dass du nicht mehr bei mir bist, ist schlimm, aber ich kann es ja nicht ändern. Einer geht immer voraus. Ich kann mir gut vorstellen, dass du mir diesen Traum geschickt hast, mein Täubchen. Du hast immer eine Lösung gewusst!“

Jochen nahm seine Jacke vom Haken und ging zur Mühle, um Futter für die Enten zu kaufen. Fröhlich rief er der netten Nachbarin einen Gruß hinüber und hörte mit Freude ihre Antwort. Das Schnattern der Enten, das Quaken der Frösche und das Hupen der Autos waren wie Musik für ihn, und er meinte, dass das Laufen heute viel leichter ging. Ihm fiel das Lied „Der Mond ist aufgegangen“ ein und laut pfeifend lief er nach Hause.

5

Wotan, sei schön brav!

Wotan war ein wunderschöner Husky. Alle Menschen, die mit ihm zusammenkamen, lobten ihn, und er genoss diese Zuwendung besonders. Manchmal legte er den Kopf in den Nacken und heulte wie ein Wolf, aber das machte er nur, wenn der Besuch ihm keine Aufmerksamkeit zeigte. Wotan wusste ganz genau, wie er sich in den Mittelpunkt spielen konnte.

Sein Herrchen, der Anführer in seinem Rudel, war den ganzen Tag nicht daheim. Am Abend, wenn er zurückkam, ging er noch eine Runde mit Wotan spazieren. Eine wunderbare Wiese war in der Nähe, und es roch dort so gut nach anderen Tieren und Menschen.
Früher war noch der Nebenanführer, sein Frauchen, mit ihm spazieren gegangen, doch in der letzten Zeit machte sie es nicht mehr. Obwohl, sie war den ganzen Tag zu Hause, und das war auch gut so.

Vor gar nicht langer Zeit ging auch sie für einige Stunden weg und Wotan war allein. Zur Arbeit nannten sie es immer. Gut sein musste es dort nicht, denn sie machten ein trauriges Gesicht, wenn sie das Wort sagten. Wotan verstand nicht, warum sie dorthin gingen, wenn es dort nicht schön war! Aber er wunderte sich schon gar nicht mehr über seine Menschen.
Jedes Mal, wenn sie sagten, dass sie zu dieser Arbeit gingen, dann sagte entweder sein Herrchen oder sein Frauchen: „Wotan, sei schön brav! Wir sind bald wieder zurück.“ Wie er diese Sätze hasste! Er konnte zwar durch die Hintertür in den Garten laufen, aber was sollte er denn dort, wenn sowieso keiner da war. Eine Ablenkung war es, wenn der Postbote kam. Das gelbe Auto sah er schon von Weitem, und er fing an zu jammern und zu heulen, wenn das Auto auf das Grundstück fuhr. Der

Mann hatte immer ein Leckerli für ihn und Wotan mochte das Stückchen Futter von Herzen gerne.
Wenn sein Rudel das Haus verließ und er wieder einmal hörte: „Wotan, sei schön brav. Wir sind bald wieder zu Hause“, dann legte er sich schon mal erwartungsvoll an die Hausecke hinter dem Zaun und wartete, ob das gelbe Auto nicht wieder vorbeifuhr.

Der Montag, der Tag, der immer nach dem Tag kam, den sie Sonntag nannten, war doof. Er hatte sich so schnell und gerne daran gewöhnt, dass sein Rudel komplett bei ihm war.
An diesem Montag war es völlig anders als sonst. Es bestand eine enorme Hektik im Haus, und sein Frauchen jammerte. Sofort fing er an zu heulen, weil er dachte, dass es eine Aufforderung für ihn sei.
Aber sie schrien ihn zur gleichen Zeit an: „Wotan, sei sofort still!“
Nun denn, dann eben nicht, dachte er beleidigt.
Sein Herrchen holte das Auto, mit dem Wotan auch so gerne fuhr, und hörte wieder diesen Satz: „Wotan, sei schön brav!“ Und wenn man meint, schlimmer kann es nicht kommen, dann irrt er.
Sie sagten noch: „Opa kommt gleich und geht mit dir raus.“
Oh nein, nicht Opa! Erstens bedeutete es, dass sein Rudel nun länger weg war und zweitens ging Opa dann immer ganz, ganz langsam mit ihm raus. Dabei musste Opa doch wissen, dass er ein Husky war, der nur schnell laufen konnte!

Spazierengehen war zwar für Wotan immer ein Highlight, aber nicht mit Opa. Der lief so unglaublich langsam und blieb immer mal wieder stehen. Aber nicht, um irgendwo zu schnüffeln. Nein, er fasste sich am Rücken, und dann ging es weiter, bis eine Bank kam.
Wotan wusste schon Bescheid und setzte sich daneben, aber trotzdem sagte Opa: „Wotan, sitz!“
Was soll das, dachte Wotan. Ich sitze doch schon. Darum legte er sich hin, und Opa band seine Leine um die Bank.
Ab und zu kam ein anderer Hund vorbei, und Wotan wäre liebend gerne dorthin gegangen. Manchmal bellte ihn ein Rüde an, und Wotan antwortete mit einem kurzen Heulen. Wenn er doch nur wegkönnte, dann

würde derjenige etwas erleben! Nach einer längeren Pause ging es dann langsam weiter. Sein Geschäft machte er immer am Rand einer Kuhweide, weil Opa sich so schlecht bücken konnte, um den Haufen mitzunehmen. Wotan fand es toll, wenn sein Rudel seine Kacke mitnahm. Sicher fanden sie den Geruch ebenso gut, wie Wotan ihn auch empfand. Wieso sollten sie ihn sonst mitnehmen, fragte er sich.

Auf dem Rückweg fing Wotan an zu ziehen. Er war fast am Verhungern, und Durst hatte er auch. Opa lief auf dem Rückweg noch langsamer und wenn Wotan ihn dann ziehen wollte, war es auch nicht richtig.
„Wotan, bei Fuß!“, schrie Opa ihn dann an.
Bei Fuß war einer seiner Namen, denn Wotan wurde oft so mit zweitem Namen genannt. Braver Hund, das war auch einer und ebenso Der tut nix oder Hierher!

Als sie dann endlich zu Hause waren, legte Wotan sich still hinter seine Hausecke. Er hatte vorher etwas Trockenfutter geknabbert und viel Wasser getrunken und nun war er ganz leise, damit Opa nicht wieder mit ihm rausgehen würde. Aber solange er den Fernseher so laut anhatte, bestand keine Gefahr für ihn.

Wotan musste wohl eingeschlafen sein, als er auf einmal den etwas scheppernden Motor des Autos seines Herrchens hörte. Winselnd lief er zum Tor und freute sich unbändig, bis er bemerkte, dass sein Frauchen nicht mit zurückgekommen war. Hier stimmte etwas nicht! Wotan lief um das Auto herum und sah sein Herrchen strafend an. Er wusste es nun genau: Er hatte sie zur Arbeit gebracht und dort gelassen. Das war so gemein von ihm.
Wotan wollte schon loslaufen und sie suchen, aber ein gefährliches „Wotan, hierher!“ beorderte ihn zurück.
Traurig legte er sich wieder hin und merkte, wie fröhlich Opa und sein Herrchen waren. Waren sie froh, dass sein Frauchen nun weg war? Es war bereits dunkel, und sie war immer noch nicht zurück. So traurig konnte ein Hundeleben sein!

Es vergingen einige Tage, und Wotans Frauchen war immer noch nicht zurück. Sonst lief alles wie immer. Der Rudelführer, sein Herrchen, ging zur Arbeit, Opa kam, um mit Wotan spazieren zu gehen, und der Briefträger kam auch vorbei. Nur sein Frauchen Susanne war nicht mehr da. Mit der Pfote wischte er sich eine Träne aus den Augen und passte auf, dass niemand sah, wie traurig er war. Nur nicht jammern und heulen, dachte er, denn dann bringen sie dich auch weg und du kannst nicht mehr zurück.

Eines Tages, die Trauer bei Wotan war fast nicht mehr zu ertragen und er fraß nicht mehr, da fuhr sein Herrchen wieder mit dem Auto los und war bester Laune.

Ein fröhliches: „Wotan, sei schön brav“, wurde ihm von weitem zugerufen, und schon rauschte er davon. Wotan war es egal, denn er fühlte sich müde und schlapp. Wenn er durch den Garten lief, dann merkte er, dass es ihm wie Opa ging und er fast keine Kraft mehr hatte. Gestern war sein Herrchen am Telefon und er hörte das Wort „Tierarzt“.

Oh nein, bloß nicht auch noch dorthin.

So lag Wotan in der Sonne und wartete auf gar nichts. Alles, wirklich alles, war ihm egal. Er hörte das Scheppern des Autos und wusste, dass es sein Herrchen war. Auch egal!

Doch dann ging eine Freude durch Wotan, wie er sie noch niemals erlebt hatte: Sein Frauchen war wieder da! Wotan nahm alle Kraft zusammen, stürzte sich auf sie und schleckte ihr das Gesicht ab.

Susanne drückte ihn sanft runter und sagte liebevoll: „Wotan, mein lieber, lieber Hund. Komm mit, ich möchte dir etwas zeigen.“

Wotan ging keinen Zentimeter von ihr weg und folgte ihr zum Auto. Sie öffnete die hintere Tür, und dort stand ein Korb, der nach Mensch roch. Wotan schnüffelte daran, aber er wurde sofort wieder zurückgezogen. Der Korb wurde ins Haus getragen und dann wurde doch tatsächlich ein kleiner Mensch herausgenommen. Was sollte das denn? Warum hatten sie ihm denn einen kleinen Menschen gebracht? Er ignorierte ihn und merkte, dass er nun wieder Hunger bekam. Sein Frauchen fütterte ihn, und er fraß ganz vorsichtig aus ihrer Hand. Endlich war alles wieder gut, auch wenn ein neuer Mensch da war, denn mit dem würde er schon fertigwerden.

Der kleine Mensch, der immer heulen durfte, schien nun zur Familie zu gehören und somit zu Wotans Rudel. Gut war es zwar nicht, aber es hatte auch Vorteile. Sein Frauchen war nun immer zu Hause und ging mit ihm und Emil, so nannten sie den Neuen, jeden Tag spazieren. Abends ging sein Herrchen noch einmal mit ihm raus. Das war zu gut, und es konnte so bleiben.
„Wotan, sei schön brav“, wurde nun nicht mehr gesagt. Wenn er sich neben den Kasten mit den Rädern legte, den sein Rudel Kinderwagen nannte, war er mächtig stolz.
Bei schönem Wetter sagte sein Frauchen dann zu ihm: „Wotan, pass schön auf Emil auf!“
Das tat er gerne, denn nun war er ein wichtiger Hütehund. Niemand Fremdes sollte es wagen, seinem Schützling nahezukommen. Es sei denn, der Briefträger möchte auch Emil ein Leckerli geben. Das wäre dann in Ordnung. So ein Hundeleben ist doch wirklich wunderschön, dachte Wotan und heulte einmal, aber nur ganz leise, um Emil nicht zu wecken. Dann schlief er neben dem Kinderwagen in der Sonne ein.

6

Begegnung im Park

Es war ein schöner Nachmittag, und der alte Klaas saß auf seiner Lieblingsbank unter einer Buche. Ein kleiner Bach plätscherte vor ihm und schlängelte sich seinen Weg durch Wildblumen und Gräser. Nur ein kleiner Weg trennte ihn von dem Gewässer. Er sah, wie ein grüner Frosch auf dem Weg zum Bach war, und Klaas musste schmunzeln, weil er sich wirklich ungeschickt anstellte. Aber er ließ ihn gewähren, denn er war sich sicher, dass der kleine Wicht auch ohne ihn seinen Weg finden würde.

Als er nun so dasaß und den kleinen Frosch beobachtete, bemerkte er, dass sich auf dem Weg etwas bewegte. Als er genauer hinsah, stellte er fest, dass es ein Jogger war, der gerade hinter einem Baum abbog und in seine Richtung lief. Beim Näherkommen sah er, dass es eine junge Frau war, die keuchend vor ihm stehenblieb.
„Dürfte ich mich wohl ein wenig neben Ihnen ausruhen?“, fragte sie höflich und nahm eine Wasserflasche aus ihrer Gürteltasche.
„Natürlich, gerne“, sagte Klaas und rückte etwas zur Seite, damit sie genug Platz hatte.
„Wie heißen Sie?“, fragte er lächelnd.
„Laura heiße ich, und wie heißen Sie?“, fragte sie nun ihrerseits.
„Ich heiße Klaas.“
„Das ist aber ein seltener Name. Irgendwie klingt er holländisch.“
Der alte Mann lächelte und meinte: „Ja, das ist er wohl. Laufen Sie hier öfter?“
„Ja“, sagte Laura, „wenn ich Zeit habe, dann jogge ich hier gerne.“
Sie packte aus ihrer kleinen Gürteltasche eine Dose und öffnete sie. Sie zeigte sie Klaas und meinte, dass darin Rahmkäse sei und ob er vielleicht ein Stückchen möchte.

„Wie können Sie das nur wissen?“, fragte er erstaunt. „Das ist mein Lieblingskäse.“ Eifrig griff er zu und Laura meinte, er könne sie gerne alle haben, denn sie hätte gerade erst ihr Abendbrot gegessen.
„Wohnen Sie in der Nähe?“, fragte sie ihn und er antwortete: „Schauen Sie mal dort drüben. Sehen Sie das weiße, große Haus? Dort ist meine Wohnung.“
„Oh, da haben Sie es ja nicht weit“, meinte Laura und schaute zu dem großen Haus hinüber.

Eine Weile saßen sie stumm nebeneinander und schauten in die Weite.
Dann meinte Klaas: „Ich glaube, es dämmert schon und ich muss nun gehen. Es war schön, dass ich Sie kennenlernen durfte. Vielleicht begegnen wir uns hier ja mal wieder.“
„Das wäre schön. Ich werde immer die Augen offenhalten und schauen, ob ich Sie hier sehe. Ich kann Sie noch ein Stückchen begleiten, wenn Sie es erlauben.“
„Sehr gerne“, meinte Klaas, und Laura ging mit ihm bis zu der großen Eingangstür.
Dort wartete eine Frau im mittleren Alter auf ihn und meinte: „Da bist du ja, Klaas! Ich wollte dich schon im Park suchen.“ Klaas winkte ab und gab Laura die Hand.
„Auf Wiedersehen, Laura. Es war heute ein guter Tag. Kommen Sie gerne wieder.“
Dann ging er durch die Tür und Laura sagte leise: „Bis morgen, Papa. Ich würde mich so freuen, wenn du mich dann erkennen würdest.“
Sie wischte, wie so oft, eine Träne aus ihrem Gesicht und ging zum Parkplatz hinter dem Seniorenheim. Morgen, wenn Sie Feierabend hatte, wäre sie wieder hier, um sich liebevoll mit ihrem demenzkranken Vater zu unterhalten.

7

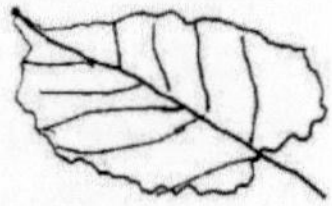

Sehnsucht eines Lindenblattes

Eine große Linde stand schon seit mehr als hundert Jahren in der Nähe einer Kirche. Sie war groß und hatte zartes Laub, das im Sommer den Menschen Schatten spendete, wenn sie sich nach dem Kirchgang noch ein wenig unterhalten wollten. Der Pfarrer hatte eine Bank dort aufstellen lassen, und gerne nahmen die Menschen darauf Platz.

Wie jedes Jahr im Frühling fingen die Zweige an, hellgrüne, zarte Blätter hervorzubringen. Der Baum versorgte seine Äste mit reichlich Wasser und warf morsche Zweige hinab, denn er war ein fürsorglicher Lindenbaum.

Drei kleine Blätter hatten sich an dem großen Baum angefreundet. Ihre Namen waren Linda, Orlind und Gerlinde. Die Menschen konnten die Lindensprache nicht verstehen, denn sie hatten verlernt, der Natur zu lauschen, und so wussten sie auch nichts von der Freude, die in dem großen Baum herrschte. Vögel sangen in ihren Ästen, und das Eichhörnchen baute sich einen Kobel in der Spitze des Baumes.

Linda bestaunte ihr zartes Kleid in dem hellen Grün und fand es bezaubernd. Die Sonnenstrahlen schimmerten hindurch und ließen die Äderchen im Blatt dunkelgrün erscheinen. Sanft wiegte sie sich mit ihren beiden Freundinnen im Wind, bis sie bemerkten, dass eine Raupe am Stamm der Linde hochkroch. Gerlinde konnte ihr Blatt schon einrollen, aber Linda und Orlind waren kleiner und bekamen den ersten Schreck in ihrem Leben. Doch wie freuten sie sich, als sich eine Amsel in den Ästen niederließ und die grüne Raupe mit einem Biss davontrug!

„Oje“, sagte Orlind. „Das ist ja noch einmal gut ausgegangen.“ Aber den Dreien war nun klar, dass das Leben nicht so einfach war!
Am Abend dachte Linda: Wenn ich doch nur wegkönnte von dem Baum, dann wäre alles einfacher. Der Wind würde sie schon dorthin wehen, wo es weniger gefährlich war.

Der Sommer kam, und die drei Blätter mussten viel Wasser speichern, sonst würden sie vertrocknen. Und wieder sehnte sich Linda danach, endlich fliegen zu können wie die Vöglein, die hier den Schatten suchten. An jedem Tag erlebten die drei Freundinnen etwas anderes, und das Leben am Baum war gar nicht mal schlecht. Nur fliegen müsste man können! Lindas Wunsch wurde immer größer.

Dann kam der Herbst mit heftigen Stürmen, und das Laub färbte sich bunt. Eine große Freude herrschte bei den Blättern, die froh waren, das Grün endlich loszuwerden.
Linda sah, dass einige ihrer Mitbewohner sich von ihren Ästen lösen konnten und im Wind davonflogen. Sie wurde ganz gelb vor Neid und wünschte sich so sehr, doch auch einmal mit dem Wind zu fliegen. Ganz schlimm wurde es, als ihre Freundinnen Gerlinde und Orlind auch fliegen durften und sie immer noch am Baum hing!
Der Wind hatte nun ein leichtes Spiel, durch die Äste zu wehen, und er hatte schon die meisten Blätter mit sich fliegen lassen.

Eines Morgens aber, als es regnete und Linda nass und schwer war, fiel sie von ihrem Baum. Der Wind nahm sie ein Stück mit sich, und Linda war das glücklichste Blatt der Welt, denn endlich flog sie!
Der Regen hatte aufgehört und Linda landete auf der Bank, die unter der Linde stand, nachdem sie einige Runden um ihren Baum geflogen war. Hier auf dieser Bank gefiel es ihr auch nicht, denn die Bank war nass und Linda klebte hier fest. Am Abend jedoch hatte der Wind sie losgerissen und auf die Straße geweht.
In einer Nische der Kirche blieb sie völlig ramponiert liegen, und Linda sehnte sich nach dem vertrauten Grün ihres Baumes. Wie konnte sie nur

so dumm sein und nicht zu schätzen wissen, wie gut es ihr gegangen war!

Es wurde immer kälter, und der Winter war da. Linda war nun hässlich braun, nass und lag immer noch in der Ecke der Kirche. Nicht einmal der Igel hatte sie mitgenommen, denn er fand die anderen Blätter schöner. So verkümmerte sie langsam und träumte von ihrem Leben, bis sie spürte, dass sie immer leichter wurde. Sie konnte fliegen!

Linda sah ihr altes, jämmerliches Gewand unten in der Kirchenecke liegen und sie war froh, es los zu sein. Es war Erde geworden und diente jetzt als Dünger für die Bäume. Immer höher stieg ihre Seele und sie spürte, wie auch die anderen Blätterseelen im Wind wirbelten. Es war nicht mehr kalt und nass; es war hell und freundlich! So könnte es bleiben!

Dann wurde es wieder Frühling. Linda sah einen schönen Baum, den sie als Birke erkannte, wegen des weißen Stammes. Hier war es äußerst angenehm, weshalb sie beschloss, an diesem Ort zu bleiben. Bald darauf verwandelte sie sich in ein zartes, grünes Blatt an der Birke und erhielt den Namen Birgit. An ihr vergangenes Dasein als Lindenblatt hatte sie keinerlei Erinnerung mehr. Alles begann von vorne und war wunderschön. Die Vöglein sangen in den Ästen und ein Eichhörnchen baute seinen Kobel hoch oben im Baum. Irgendwie meinte Birgit, dass sie alles schon einmal erlebt hätte, aber sie kam zu dem Entschluss, dass es ja gar nicht sein könne.

Fazit: Sind wir Menschen nicht auch wie Blätter im Wind? Sind wir nicht oft unzufrieden mit dem, was wir haben und wollen es ändern, um es noch besser zu bekommen? Und haben wir nicht auch schon gedacht, dass alles schon einmal geschehen war in unserem Leben? Vielleicht sind auch wir schon oft geflogen, als wir unsere Hülle hier zurückgelassen haben. Wer weiß…

8

Großvaters alte Standuhr

Großvater saß am Fenster und schaute hinaus. Nun ist es schon wieder Herbst geworden, dachte er und seufzte leise. Er erinnerte sich, wie so oft, zurück an die vergangene Zeit. Damals, als er jung war und voller Tatendrang. Als er Marianne kennenlernte und als seine drei Kinder geboren wurden.
Er hatte ein Häuschen gebaut und wohnte hier mit seiner Tochter und ihrer Familie. Das war gut, denn als Marianne starb, war eine unbekannte Leere in sein Leben getreten. Er war dankbar, dass Miriam, Frank und Anne dann bei ihm einzogen, und er so nicht zu oft ins Grübeln fiel. Aber an einem Tag wie heute, wo er wegen des Regens nichts im Garten tun konnte, zog er sich gerne zurück in sein Zimmer und schaute aus dem Fenster.

Er erschrak, als seine große Standuhr einmal schlug. Früher schlug sie jede halbe Stunde, und das sehr laut, sodass Marianne die Uhr nicht mehr haben wollte. Aber er konnte sich nicht von ihr trennen und bat einen Uhrmacher, er möge das Schlagen der Zeit auf einmal pro Stunde reduzieren und es auch etwas leiser klingen lassen. Damit war Marianne einverstanden, und seitdem hatte die Uhr nicht mehr stillgestanden. Ihr beruhigendes Tick-Tack gehörte zum Haus, genauso wie er selbst.

Vor langer Zeit hatte sich seine Enkeltochter Anne in der Uhr versteckt und man hatte überall nach ihr gesucht. Sie hätten fast die Polizei gerufen, denn Anne hatte sich nicht bewegt in der Uhr. Glücklicherweise hatte sie ein rotes Jäckchen an, und es spiegelte sich in dem goldenen Pendel wider, sodass man sie dort fand.
Miriam schimpfte mit ihr, aber Anne meinte nur: „Die Geißlein waren doch auch in der Uhr!“
Großvater schmunzelte, als er daran dachte.

Eigentlich wollte er die Nachrichten im Fernseher schauen, aber es war so ruhig und heimelig in dem Raum. Nur die große Uhr tickte regelmäßig ihr Tick-Tack, und der Regen tropfte ganz sachte ans Fenster.

Leise öffnete sich plötzlich die Tür. Großvater schaute hin und sah dort seine Frau Marianne stehen.
Sie lächelte ihn an und sagte: „Komm mit, mein Lieber. Hier warst du lange genug, und dort, wo wir hingehen, wird es dir gefallen!"
Das Tick-Tack seiner Uhr schien immer lauter zu werden, und er öffnete ihre große Tür mit der Glasscheibe darin. Er hielt einen Finger an das Pendel, und die Uhr blieb stehen. Dann lächelte er seine Frau an, nahm freudig ihre ausgestreckte Hand und ging mit ihr fort.

Am nächsten Morgen wunderte sich Miriam, dass ihr Vater noch nicht in der Küche war. Leise klopfte sie an seine Zimmertür, öffnete sie und stieß einen Schrei aus.
„Papa, wach doch auf", sagte sie und streichelte sein kaltes, weißes Gesicht.
Sie merkte, dass etwas fehlte in diesem Raum. Ja, es war das Tick-Tack seiner Uhr! Sie schaute zu dem Zifferblatt und sah, dass die Uhr bei 20:17 Uhr stehengeblieben war. Sie öffnete weit das Fenster. Der Regen hatte aufgehört und ein herzförmiges Lindenblatt flog durch das Fenster in ihr Gesicht.
„Danke, Papa", sagte sie andächtig. „Ich habe dich verstanden und werde das Herz ewig behalten."
Sie wischte ihre Tränen weg und gab ihrem verstorbenen Vater einen Kuss auf seine Stirn.

Die Uhr blieb bis zur Beerdigung stumm, und danach stellte Miriam sie wieder an. Oft hatte sie das Gefühl, das Herz ihres Vaters schlagen zu hören: Tick-Tack, Tick-Tack…..

9

Was mag hinter dem Berg sein?

Bambi und Rudolf waren zwei wunderschöne Rehe und liebten sich von ganzem Herzen. Sie lebten in einem Tal mit frischem, grünem Gras und taten nichts weiter, als zu fressen und sich die Sonne aufs Fell scheinen zu lassen.

Eines Tages, es war ein Dienstag, wurde es Bambi bewusst, dass ihr Leben eigentlich zu langweilig war.
Sie schaute zum Berg hinauf und meinte zu Rudolf: „Was meinst du, mein Rehmann, was mag wohl auf der anderen Seite dieses Berges sein?“
„Wieso willst du das wissen, mein Rehlein? Es ist doch egal, wie es da aussieht. Sicherlich ist es dort genauso wie hier. Grünes Gras und schöne Bäume, die uns Rehen Schutz und Schatten geben.“
„Aber hörst du denn nicht das Rauschen und Brummen, das von dort kommt? So seltsame Geräusche höre ich, und da ist es auch in der Nacht hell. Hast du es denn noch nie gesehen, mein Rehmann? Dort ist es sicherlich sehr schön und nicht so langweilig wie hier.“ Der Gedanke an die andere Seite des Berges wurde nun für Bambi immer interessanter.
„Können wir da nicht mal hingehen?“, fragte sie ihren Mann und dieser schaute sie an, als ob sie den Verstand verloren hätte.
„Rehlein, diese Geräusche sind sehr weit entfernt und machen mir Sorgen. Wir lassen es lieber so, wie es ist.“
Bambi ließ nicht locker! Sie redete immerzu von der schönen Welt hinter dem Berg, bis Rudolf es nicht mehr hören konnte und einwilligte. Vielleicht war es dort ja wirklich schöner, und wie sollte man es wissen, wenn man es sich nicht ansieht!

An einem sonnigen Morgen brachen sie also auf und legten ein gutes Stück des Weges an diesem Tag zurück. Das Brummen und andere fremde Geräusche wurden lauter und leiteten ihnen den Weg, als sie unter den dichten Bäumen immer höher den Berg hinauf liefen. Das Gras war nicht mehr ganz so saftig, wie sie es gewohnt waren, aber dafür fanden sie fremde Kräuter, die sehr schmackhaft waren. Die Bäume hatten eine weiche Rinde und es machte ihnen Spaß, sie anzuknabbern. Müde legten sie sich nebeneinander unter eine Kiefer und schliefen tief und fest in dieser Nacht.

Am nächsten Morgen waren die beiden froh, dass sich der Tau der Nacht in einigen Blüten und auf Blättern gesammelt hatte. Es gab hier keinen Bach, und ohne Wasser würden sie nur langsam gehen können. Die Geräusche, die sie hörten, wirkten auf Rudolf immer bedrohlicher! Sie hörten sich an wie gefährlicher Donner. Ein Gewitter war das Letzte, das sie nun gebrauchen konnten!
Bambi lief freudig weiter und konnte es kaum erwarten, auf dem Gipfel des Berges zu stehen. Einige Steinböcke sprangen von Klippe zu Klippe und wunderten sich über die beiden Rehe.

Bambi und Rudolf liefen immer dort, wo Bäume waren und auch Gras wuchs, denn auf steinigem Boden würden sie nicht laufen können! Und dann, am Ende des zweiten Tages, waren sie auf dem Gipfel des Berges. Andächtig und majestätisch standen die beiden stolzen Rehe nebeneinander und schauten auf Steinbauten mit gelben Lichtern.
„Sind das Tiere mit so vielen Augen?“, fragte Rudolf einen Gamsbock, der einen Ruheplatz für die Nacht suchte.
„Das sind Häuser“, sagte er und senkte seinen Kopf.
„Geht da bloß nicht hin! Die Tiere, die dort auf zwei Beinen laufen, wollen uns fangen und meinen, dass wir dort nicht hingehören. Meine Frau hat mir gesagt, sie hätte gehört, dass diese Menschen, so heißen die Zweibeiner wohl, sogar Tiere essen. Also, wenn ihr schlau seid, dann bleibt da weg!“

Bambi wollte davon nichts hören und meinte, dass es nur Erzählungen seien, und sie es selbst sehen wolle. Sie sah einen Fluss neben der Stadt fließen, und grüne Bäume standen neben den Straßen. Bunte Pflanzen

waren neben einigen Häusern, und das konnte doch nur gut sein! Sie wollten sich schlafen legen und morgen diese Stadt selbst erkunden. Wenn es ihnen nicht gefallen würde, dann würden sie wieder über den Berg zu ihrer Wiese gehen, wo die umgestürzte Eiche lag.
Als es anfing zu regnen, freuten sich die beiden, denn nun hatten sie endlich genug zum Trinken. Rudolf sah, dass das Wasser vom Berg nun in einem kleinen Rinnsal bis zum Fluss lief, und er freute sich. Es war frisches Wasser dort und auch genügend Grün für ihn und für seine Frau.

Am nächsten Morgen hatte es aufgehört zu regnen und ein schrecklicher Lärm weckte die beiden Rehe. Autos wären das, hatte ihnen der Steinbock gesagt, und Rudolf wusste nun, dass diese Autos so laute Stimmen hatten. Auch machten sie einen schlimmen Gestank, der ihm fast den Atem nahm. Vielleicht sind sie krank und stinken deshalb so, dachte er, und hatte Mitgefühl mit diesen Autos.
Voller freudiger Erwartung lief Bambi den Berghang hinab und Rudolf folgte ihr, um sie zu stoppen. Sie rannte über die Straße, direkt auf die Häuser zu, und die Menschen stoben furchtsam auseinander. Bambi geriet in Panik! Alles um sie herum war laut und stinkend. Eine Frau schlug mit ihrem Regenschirm nach Rudolf, und die beiden liefen ängstlich die Straße hinab in Richtung Fluss. Die Autos hupten hinter ihnen, und Rudolf verletzte sich das Bein an einer Bordsteinkante.

Immer schneller rannten die beiden und liefen direkt auf eine Höhle zu, in der sie sich sicher wähnten. Dies war allerdings ein Irrtum! Sie waren in einen Tunnel geraten, wo ihnen auch Autos entgegenkamen. Sie hatten riesige Lichter, die wie gefährliche Augen aussahen.
Plötzlich war der Tunnel leer, denn alle Fahrbahnen waren gesperrt worden nach der Mitteilung, dass sich zwei Rehe in dem Tunnel befinden würden.
Wie froh waren die beiden, als sie Licht am Ende des dunklen Lochs sahen, wo sie völlig verzweifelt herumliefen. Am Ausgang standen zwei Männer mit Gewehren, um die beiden Rehe zu erschießen, damit die Gefahr gebannt wäre.

Bambi schlug in ihrer Not einen Weg direkt neben dem Tunneleingang ein, wo sie hinter einer Leitplanke verschwinden konnte und die Autobahnpolizei sie nicht treffen konnte.
Rudolf lief zwischen den wartenden Autos hindurch, sodass die Kugeln der Gewehre ihn ebenfalls nicht töten konnten. Durch eine kleine Lücke in der Leitplanke hastete er ebenfalls in die Richtung, wo die Bäume dicht standen und ihm Schutz geben konnten. Er witterte Wasser und hoffte, dass er Bambi dort wiedertreffen würde.
Genau wie er es sich gedacht hatte, lag sie im Schutz der Bäume neben dem Bach und keuchte. Rudolf leckte seiner Frau sanft das Fell, und Bambi schlug ihre großen Augen auf. So glücklich wie in diesem Moment war sie wohl noch nie in ihrem Leben gewesen. Alle Knochen taten den beiden weh, und Rudolf blutete am Bein. Sie tranken Wasser und legten sich in das hohe Gras, wo sie zwei Tage schliefen. Als sie dann aufwachten, sahen sie sich um und waren erstaunt, dass sie wieder auf ihrer Wiese waren. Wie konnte das sein? Sie waren doch nicht wieder über den Berg geklettert, und es musste wohl mit dem schwarzen Loch zu tun haben, durch das sie gelaufen waren. Es war egal! Die Hauptsache war, dass die beiden wieder in Sicherheit waren. Wie schön es hier doch war! Nie mehr, so schworen sich beide, würden sie diese schöne Gegend wieder verlassen.

Barbie empfand es überhaupt nicht mehr langweilig hier. Sie bewunderte die Schmetterlinge in ihren bunten Farben, singende Vögel und viele Wunder der Natur. An jedem neuen Tag entdeckte sie so viel Schönes!
Sie merkte, dass sie bald ein kleines Rehbaby bekommen würden, und dann konnte man von Langeweile bestimmt nicht mehr reden.

Fazit:
Es gibt Tage, an denen fühlen wir uns nicht wohl in unserer Haut, möchten ausbrechen und alles hinter uns lassen. „Früher war doch alles besser“, wird so oft gesagt. Wir sollten uns annehmen, so wie wir sind und wo wir sind, denn dann kann uns nichts und niemand aus unserem Paradies vertreiben. Nicht einmal wir selbst!

10

Altes ist nicht immer schlecht

Jonathans Vater Sven war fast am Verzweifeln!
„Dieses Auto treibt mich noch in den Wahnsinn“, rief er aus der Garage. „Es startet schon wieder nicht, und hört euch mal die Hupe an!“ Er drückte auf das Lenkrad und ein dumpfes „Hong, Hong“ erklang.
Sven öffnete die Haube und überbrückte die Batterie. Stotternd sprang der Wagen an und quietschte einmal laut, als ob man mit Styropor an einer Glasscheibe gerieben hätte.
Es nützt nichts, dachte Sven, er muss in die Werkstatt.
Da er heute freihatte von der Arbeit, sagte er seiner Frau Bescheid, dass er jetzt zur Reparatur fahren würde, damit die Mechaniker sich das mal ansehen sollten und fuhr los.

Die Werkstatt war so voller defekter Autos, dass Sven erst einen Termin für den übernächsten Tag bekam.
Neben der Kfz-Werkstatt befand sich ein Fahrzeughandel mit vielen Neuwagen. Neugierig ging Sven dorthin und sein Interesse fiel auf einen blauen BMW. Solch ein Auto wollte er schon immer haben, und er schaute durch die dunklen Scheiben ins Innere des Wagens. Für ihn war er traumhaft schön!
Sofort kam auch schon ein Verkäufer und öffnete die Tür, sodass Sven sich in seinen Traumwagen setzen konnte. Es wäre schon schön, so ein Auto zu besitzen! Allerdings musste er es zunächst mit seiner Frau besprechen, und das wäre sicher nicht so einfach!

Er stieg aus, streichelte noch kurz über das Dach des Wagens und bedankte sich wehmütig bei dem Verkäufer, der bei sich dachte: Der kommt wieder!

Sven fuhr los und auf der Landstraße, wo rechts und links nur wenige Häuser standen, drehte er richtig auf. Er stellte sich vor, in dem tollen BMW zu sitzen und wie es wäre, wenn nichts quietschen würde. Schnell fuhr sein alter Golf ja nicht mehr und trotzdem wurde das sonst noch leise Quietschen jetzt zu einem Heulen und Klappern. Sofort drosselte Sven die Geschwindigkeit und fuhr langsam weiter. Wenn ich so schnell weiterfahre, dachte er, dann fliegt mir die Haube um die Ohren.

Die Straße hatte eine leichte Kurve, aber Sven brauchte nicht abzubremsen, denn er fuhr ja schon langsam.
Doch diesen Tag würde er so schnell nicht vergessen!

Hinter der Kurve stand ein ca. 10-jähriger Junge neben seinem Fahrrad mitten auf der Straße. Er schien gestürzt zu sein und war erst jetzt wieder aufgestanden. Die Schultasche von ihm lag ein wenig entfernt auf der Gegenfahrbahn, und Sven parkte sein klappriges Auto an der Straßenseite. Er lief schnell zu dem Kind und fragte es, ob es okay sei, und mit Tränen im Gesicht nickte der Junge.

Sven holte die Schultasche, nahm das Fahrrad und legte beides ins Gras. Er wischte dem Kind die Tränen von den Wangen und sagte, dass er ihn nach Hause bringen würde. Das Rad hatte einen verbogenen Lenker. Er legte es in den Kofferraum und den Schulrucksack auf den Rücksitz. Der Junge nannte ihm seine Adresse, und Sven fuhr los.

Erst als er den Jungen bei seinen Eltern abgesetzt hatte, fingen seine Knie an zu zittern. Wenn er mit dem BMW gefahren wäre, hätte er womöglich genau zu dem Zeitpunkt, als der Junge auf der Straße lag, die Kurve durchfahren, und er hätte nicht mehr bremsen können. Es wäre der sichere Tod des Kindes gewesen! Ganz langsam fuhr er heim und freute sich, dass alles so gut ausgegangen war.
Alles, was alt ist, manchmal knackt und quietscht, ist oft noch von großem Wert, dachte er, und strich liebevoll über die Haube des alten Autos.

11

Der Abschied

Meine Familie ist mit mir in unsere Straße gezogen, als ich, Jonas Wagner, 13 Jahre alt war. Ich fand schnell Anschluss, denn dies war eine Straße mit vielen Kindern und Jugendlichen. Eine Geschichte, die man mir irgendwann erzählt hatte, handelt von zwei Familien, die bei mir in der Nachbarschaft lebten. Ich habe sie nie vergessen und möchte sie euch gerne erzählen:

Katharina Kramer hatte eine allerbeste Freundin, namens Susann. Sie war ein Jahr älter als Katharina, also 11 Jahre, und hatte genauso schöne blonde Haare wie sie. Ach, fast waren Susann und Katharina wie Zwillinge, nur sahen sie etwas verschieden aus.

Konrad Kramer war der Bruder von Katharina und hatte einen allerbesten Freund, der Lolli hieß. Eigentlich hieß er Oliver, aber das konnte er als kleines Kind nicht sagen und nannte sich Lolli-la. Daraus ist dann Lolli geworden, und alle nannten ihn so. Lolli konnte die größten Frösche fangen und war voll cool, und er war der Bruder von Susann.
Die beiden wohnten in dem Haus gegenüber von Katharina und Konrad. Sie hatten noch drei weitere Geschwister.
Herr und Frau Jansen, so hießen die Eltern von Lolli und Susann, waren nette Leute. Bei ihnen war immer etwas los, und jeden Tag waren ganz viele Kinder dort zum Spielen. Manchmal backte Frau Jansen Waffeln für alle.
„Die schmecken viel besser als bei uns", sagte Konrad dann immer.

Eines Tages sagte Lolli, dass sie sich alle einmal zusammen hinsetzen müssten. Krisensitzung!
Sie verabredeten sich in ihrem Baumhaus, in dem Apfelbaum in Jansens Garten. Die Äpfel dort waren übrigens ein Traum!

Aber was dann kam, das war kein Traum! Susann nahm Katharina in den Arm und fing an zu weinen. Lolli sagte: „Etwas Schlimmes ist passiert: Wir bekommen ein Baby." Daraufhin lachten Katharina und Konrad laut los.
„Ja und, das ist doch nichts Schlimmes! Wenn ihr mal mit dem Kinderwagen schieben müsst, dann gehen wir mit. Ist doch klar." Die beiden schauten immer noch ganz traurig.
„Nun wird unser Haus zu klein, und Mama und Papa wollen es verkaufen. Wir ziehen um, damit jeder ein eigenes Zimmer bekommt, aber wir wollen ja gar kein eigenes Zimmer haben! Wir wollen hier bleiben und nicht in eine andere Stadt ziehen", meinte Susann. Jetzt weinten alle.
„Wir geben nicht auf", meinte Konrad. „Wir müssen mit unseren Eltern reden. Die wissen fast immer eine Lösung." Aber hier wussten sie auch nicht weiter. Die Jansens würden wegziehen, und mit ihnen Susann und Lolli.

In der Woche, in der die Familie ausziehen wollte, gab es noch ein großes Gartenfest für alle Kinder. Sogar ein Clown war bestellt worden, aber die vier hatten überhaupt keinen Spaß. Susann konnte gar nicht mitmachen, denn sie hatte Bauchschmerzen und lag im Bett. Katharina war natürlich bei ihr. Herr und Frau Kramer wurden am nächsten Abend mit den anderen Nachbarn eingeladen. Auch sie waren traurig, aber es war nicht mehr zu ändern.

Dann kam der Tag der Abreise. Katharina und Susann hielten sich so fest umklammert, dass sie fast keine Luft mehr bekamen. Konrad und Lolli hielten sich an den Händen. Alle weinten.
Dann kam Herr Jansen mit einem großen Zettel, worauf stand: Lolli und Susann dürfen jeden Tag eine halbe Stunde telefonieren, und in den Ferien dürfen Konrad und Katharina gerne bei uns wohnen. Unterschrieben war der Zettel von Herrn und Frau Jansen.
Dann kam Herr Kramer mit einem großen Zettel. Darauf stand Folgendes: Katharina und Konrad dürfen jeden Tag eine halbe Stunde telefonieren, und in den Ferien dürfen Susann und Lolli gerne bei uns wohnen. Der Zettel war von Herrn und Frau Kramer unterschrieben.

Der Zettel von den Kramers wurde nun den Jansen-Kindern überreicht, während der von den Jansens an die Kramer-Kinder ging.
Alle schauten sich an. Auf einmal ging ein Jubelgeschrei los.
„Bald sind ja die Herbstferien! Auf alle Fälle kommt ihr hierher zu uns", meinte Konrad. „Heute Abend wird telefoniert und wir erzählen uns alles, was so los ist. Wenn wir bei euch sind, bauen wir in eurem neuen Garten wieder eine Baumhütte mit eurem Papa, ja, Herr Jansen?"
„Großes Ehrenwort, das machen wir. Versprochen!", meinte Herr Jansen.
Jetzt war auf einmal alles gar nicht mehr so schlimm. Klar, besser wäre es gewesen, alles wäre so geblieben, wie es war. Aber so ist das Leben! Man kann nicht immer alles haben, aber wenn es so ist, dann ist es auch gut. Super-gut sogar.

Dann fuhren sie los. Lolli versprach, sofort anzurufen, wenn sie da wären. Die ganze Nachbarschaft war draußen, als die Jansens mit dem großen Möbelwagen davonfuhren. Alle winkten, aber am längsten haben Katharina und Konrad gewunken. Das Auto war schon gar nicht mehr zu sehen, da standen sie immer noch auf der Straße und winkten.
Dann gingen sie zu ihrem Baumhaus und aßen einen von den leckeren Sommeräpfeln vom Apfelbaum.
„Bald rufen die beiden ja an. Wie schön, wir warten jetzt schon“, sagte Konrad und tat einen tiefen Seufzer.

Der Kontakt zwischen den beiden Familien ist nie abgebrochen. Konrad und Lolli haben zusammen Lehramt studiert und sich während des Studiums eine Wohnung geteilt.
Katharina und Lolli haben geheiratet, und da Lolli eine Lehrerstelle in ihrer Heimatstadt bekam, kauften sie das Haus, in dem er und seine Familie früher gewohnt hatten. Es war zwar baufällig, aber mit viel Liebe richteten sie es sich wunderschön wieder her. Das Erste, das Lolli in dem großen Garten tat: Er pflanzte einen Apfelbaum!

Ich wohne ebenfalls noch immer in dieser Straße mit meiner Frau Ella und meinen beiden Kindern, denen ich ebenfalls eine Baumhütte im Apfelbaum gebaut hatte.

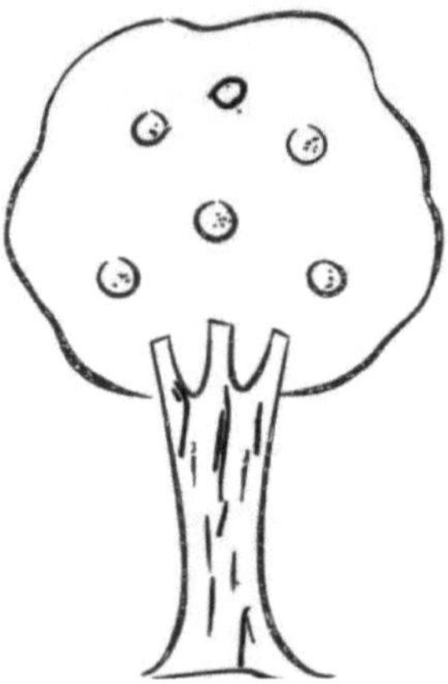

12

De Baukweid is mien!

(Der Buchweizen gehört mir!)

-(Eine wahre Geschichte aus Papenburg-Obenende, einer streng katholischen, kleinen Stadt an der holländischen Grenze, wo die Menschen an Mystik, Hexen und Flüche glaubten.)-

Es war 1919 und eine Zeit, in der die Menschen hungerten. Der Krieg war vorbei, und alle hofften auf eine gute Zeit.
Voader Harm hatte Buchweizen gesät, damit er seine Familie satt bekam, und er schickte seine Söhne Jan, Harm und Hinnerk auf das Feld, um die Vögel zu verscheuchen. Die Vogelscheuchen reichten nicht aus, aber trotzdem keimte die Saat, und schon bald war das Feld voller kleiner Pflanzen.

Zufrieden ging Voader Harm nach einigen Wochen auf das Feld, um zu schauen, wann er mit der Ernte beginnen konnte. Ja, der Buchweizen stand gut, und er fragte seine Brüder, ob sie ihm in der kommenden Woche helfen würden. Sie bejahten es, und Voader Harm war zufrieden, denn er hatte ja hungrige Mäuler zu stopfen.

Am nächsten Tag ging er erneut auf das Feld und erschrak. Diebe waren in der Nacht dort gewesen und hatten bereits mehrere Quadratmeter geerntet.
Er wies seine Söhne an, in der Nacht dort zu campieren, und die drei machten sich ein Lager im Kornfeld. In dieser Nacht sahen sie niemanden, obwohl die cleveren Diebe wieder zum Ernten dagewesen waren, und zwar an einer anderen Stelle, als in der Nacht zuvor. Wie konnte das geschehen? Jan, Harm und Hinnerk hatten in der Nacht nicht geschlafen, und die Sterne sorgten für ein wenig Licht. Sogar die Spuren von einem Leiterwagen konnten sie sehen.

Voader Harm unterstellte seinen Söhnen am kommenden Tag, dass sie wohl eingeschlafen wären, aber sie bekräftigten, dass es nicht so war.
Das Rätsel war groß, und in der darauffolgenden Nacht sollten die drei Jungen wieder zu dem Feld gehen, und sie überlegten sich etwas.
Der Vater musste in der Glashütte arbeiten, denn ansonsten wäre auch er auf Wache gegangen. Er hoffte sehr, dass seine drei Jungs es schaffen würden, die Diebe zu stellen, denn es hing für seine Familie viel davon ab.
So wie es aussah, würden diese Leute sein ganzes Feld leerräumen.

Hinnerk bat seine Mutter, ihm eine Decke zu geben. Aus einem Kohlkopf machten die drei einen Kopf, malten das Gesicht mit roter Farbe an und bastelten aus Stöcken zwei Hörner. Diese malten sie ebenfalls feuerrot an und drückten sie oben in den Kohlkopf. Diese Fratze setzten sie auf einen Torfsticker und befestigten die Decke als Umhang. Sie gruselten sich selbst ein wenig vor der schrecklichen Teufelsgestalt.

Bereits am späten Nachmittag schlichen Jan, Harm und Hinnerk zum Buchweizenfeld und versteckten sich dort. Absichtlich waren sie früher gegangen, damit die Diebe sie nicht wieder entdeckten, wenn sie dort auftauchen würden.

Es war noch nicht ganz dunkel, da hörten die Jungen das leichte Knattern von Rädern.
Mit lautem Röcheln hoben sie den Teufel in die Höhe, und Hinnerk rief mit verstellter, dunkler Stimme: „De Baukweid is mien, roah, roah! Holst du watt, dann hol ick di, roah, roah.“ *
Laut schreiend und voller Panik liefen die vier jungen Männer davon. Immer wieder riefen Hinnerk, Harm und Jan: „De Baukweid is mien. De Baukweid is mien!“ Sie mussten sich Mühe geben, um nicht selbst laut zu lachen, aber als sie nichts mehr von den stolpernden Männern sahen, da prusteten sie laut los. Sie nahmen die Decke vom Torfsticker und lösten vorsichtig den Kohlkopf. Er musste noch für das Mittagessen

gekocht werden, und so entfernten sie vorsichtig die beiden Blätter mit der roten Farbe.

Den Leiterwagen der Diebe nahmen sie mit nach Hause, und es kam keiner und forderte ihn zurück. Sie hätten ihn auch nicht zurückgegeben, denn sie sahen ihn als Entschädigung für den gestohlenen Buchweizen an.
Niemals wieder kam jemand dem Feld zu nahe, und die Familie hatte eine gute Ernte in diesem Jahr.

(*Papenburger plattdeutsche Mundart: Der Buchweizen ist meiner, Holst du etwas, dann hole ich dich!“)

13

Die neue Quelle

Bauer Hans stand an der Lake, einem flachen, stehenden Gewässer, und dachte über sein Leben nach, denn es fiel ihm immer schwerer, die Felder zu bestellen. Seine fünf Töchter interessierten sich nicht für die Landwirtschaft und waren alle so intelligent, dass sie studierten oder das Gymnasium besuchten. Sein Sohn Gabriel würde in seine Fußstapfen treten, das merkte man nun schon, denn er war lieber auf den Feldern und im Stall als in der Schule. Aber er war mit seinen elf Jahren noch zu klein für die schwere Arbeit.

Hans wusste, dass ein Landwirt sich nie verkleinern durfte. Im Gegenteil! Es sollte doch jedes Jahr etwas dazukommen zum Fuhrpark, beim Viehbestand oder beim Land. Aber bei ihm sah es so aus, als müsse er wohl etwas verkaufen.
Als sein Vater noch lebte, hatte der mitgeholfen und erst heute wusste Hans, wie viel es doch gewesen war.

Aber was konnte er denn verkaufen? Alles, was er hatte, war für ihn wichtig. Letzte Woche hatte er sich das Bein verletzt, und es schien ebenfalls nicht zu heilen. Eiter hatte sich bereits gebildet, und er wusste, dass er zu einem Arzt gehen sollte. Für ihn war alles im Moment so trostlos!

Hans hatte lange nicht mehr gebetet, aber nun fiel ihm das Vaterunser ein und er betete es aus tiefstem Herzen.
„Gott, wenn du mich hörst, dann hilf mir doch“, bat er und merkte, wie die Tränen der Verzweiflung an seinen Wangen herabliefen.

Er setzte sich ins Gras am Ufer der Lake und tat sich selbst leid. Plötzlich merkte er, dass seine Hosenbeine nass wurden, und er stand schnell auf. Wieso war hier Wasser, wo es doch heiß war und das Gras eigentlich trocken sein sollte? Er schaute genauer hin und bemerkte, dass sich an der nassen Stelle die Erde leicht bewegte. Nun werde ich auch noch bekloppt, dachte er, aber seine nasse Hose bewies, dass es hier wirklich nass war. Im Grunde war es jedoch egal.

Er ging zum Haus und sagte zu seiner Frau: „Du glaubst nicht, was ich heute gesehen habe!“ Und dann erzählte er ihr von dem seltsamen Erlebnis. Er zog sich trockene Sachen an und ging in den Stall, um seine Arbeiten zu verrichten.

Am nächsten Morgen, nach dem Melken, zog er seine Arbeitssachen aus und ging duschen. Als er sein kaputtes Bein betrachtete, fiel ihm auf, dass die Wunde am Rand abzuheilen begann und die Rötung nicht mehr schlimm war. Er machte ein neues Pflaster darauf und wollte wieder zur Lake, denn die feuchte Stelle ließ ihm keine Ruhe. Die ganze Nacht hatte er daran denken müssen.

Er nahm einen Spaten und ging los, bis zu der Stelle, wo er so nass geworden war. Dort angekommen sah er, dass der feuchte Fleck größer geworden war, und er grub ein wenig, um zu sehen, ob das Wasser absickern würde. Das Gegenteil war der Fall; schnell bildete sich eine Pfütze. Hans grub weiter und sah, dass das Wasser immer schneller nach oben kam.
Er lief zu seinem Nachbarn, und sagte: „Willi, komm mal mit! Ich glaube, ich fantasiere und bilde mir ein, dass bei uns Wasser aus der Erde kommt!“ Willi sah sich die Pfütze an und war ebenfalls verwundert.
„Weißt du was, Hans, hier ist eine Quelle. Und fühl mal, das Wasser ist warm. Das ist ja seltsam!“
Hans legte seine Hand in das Wasser und spürte auch, dass es seine kalte Hand wärmte. Nun ja, die Erde war richtig aufgeheizt worden in den letzten Tagen, und so war es ja kein Wunder, dachte er bei sich.

Am nächsten Tag war das Bein von Hans fast abgeheilt, und ihm kam die Vermutung, dass es vielleicht mit der Quelle zu tun haben könnte.

Es kamen viele Leute, um sie sich anzusehen, und Hans befürchtete, dass sie seinen Mais zertreten oder ihn mit dem Auto plattfahren würden.

Er ging zum Bürgermeister und sagte zu ihm: „Fritz, du bist hier der Bürgermeister, und du musst mit mir zur Lake kommen. Wir haben dort eine warme Quelle." Der korpulente Mann wollte zunächst nicht mit Hans mitkommen, denn er glaubte an einen Scherz. Doch der besorgte Bauer ließ nicht locker, und so ging er schließlich mit, um sich alles anzusehen. Dort angekommen, staunte der Bürgermeister nicht schlecht, als er sah, dass sich bereits ein kleiner See gebildet hatte
„Was können wir denn nur machen, damit das Wasser nicht mein ganzes Land überflutet?", fragte Hans betroffen. Nach langem Beraten kamen beide zu dem Schluss, dass man einen breiten Graben zur Lake graben sollte, um das Wasser vom Feld wegzuleiten. Es würde sich dann schon den Weg zum nahegelegenen Fluss suchen.

Hans hatte seinem Nachbarn erzählt, dass die Wunde an seinem Bein von dem Quellwasser, das mit Moor gemischt war, abgeheilt war. Das hatte sich herumgesprochen, und er hatte jetzt noch mehr Arbeit, denn er musste die Quelle einzäunen.

Einige Tage später kamen Leute zu Hans und fragten ihn: „Bauer, können wir das Land, wo die Quelle ist, von Ihnen für gutes Geld kaufen? Wir möchten den Moorschlamm für Heilungszwecke vermarkten."
Hans verneinte, denn man soll sich als Landwirt ja nicht verkleinern! Aber als die Männer dann einen Pachtvorschlag machten, und er diese große Summe einfach nicht ablehnen konnte, sagte er zu.

Von der Pacht konnte Hans einen Helfer einstellen, der sich als Glücksgriff erwies.
Die Quelle war eingezäunt worden und für die Leute aus dem Dorf und Umgebung nicht zugänglich. Nur Hans und seiner Familie war es erlaubt, das Gelände zu betreten und dort Wasser zu entnehmen. So hatte er immer einen großen Eimer mit dem Heilwasser am Eingang seines

Grundstücks stehen, damit die Leute sich bedienen konnten, wenn sie das Wasser benötigten.

Oft, wenn er an dieser Quelle stand, dachte er darüber nach, dass seine Mutter einmal gesagt hatte: „Immer, wenn du denkst, es geht nicht mehr, dann kommt von irgendwo ein Lichtlein her.“ Ja, sie hatte recht.
Auch mit dem Satz: „Not lehrt beten!“

14

Die Meerjungfrau

Es war ein wunderschöner Abend, als ich am Strand entlang schlenderte. Die Sonne senkte sich langsam hinter dem Horizont und tauchte den Himmel in ein glutrotes Licht.

In den Dünen entdeckte ich einen Mann, der entspannt im Sand saß. Sein Blick war auf das glitzernde Wasser gerichtet, und ich konnte die Melancholie in seinen Augen sehen.

Neugierig setzte ich mich neben ihn und wir kamen ins Gespräch. Er erzählte mir, dass er oft hierher kam, um die Ruhe des Strandes zu genießen. Doch es war nicht nur die Stille, die ihn an diesen Ort zog. Mit einem sanften Lächeln begann er, mir eine Geschichte zu erzählen, die mich sofort fesselte.

„Vor vielen Jahren", begann er, „wurde genau hier eine Meerjungfrau angespült. Ihr Name war Arila. Sie war wunderschön, mit schimmernden Haaren und einer Stimme, die die Wellen zum Tanzen brachte. Ich verliebte mich in sie, und wir heirateten in einer kleinen Zeremonie am Strand, umgeben von den Wellen und dem Wind."

Ich war fasziniert und fragte ihn: „Wie ist sie denn ihre Flosse losgeworden? Sie konnte ja damit nicht laufen."

Der Mann lächelte nostalgisch. „Ihr Volk in der Tiefe des Meeres hat ihr geholfen. Sie haben einen Zauber gewirkt, der es ihr ermöglichte, menschlich zu werden. Es war ein Geschenk, das sie mir und sich selbst gemacht hat, damit wir zusammen sein konnten."

„Und wo ist sie jetzt?", fragte ich, neugierig auf das Schicksal dieser ungewöhnlichen Liebe.

„Wir waren viele Jahre zusammen", antwortete er, seine Stimme wurde leiser. „Doch eines Tages musste sie zurück zu ihrem Volk. Es war eine Entscheidung, die sie nicht leichtfertig getroffen hatte. Sie versprach mir, dass sie eines Tages zurückkommen würde. Seitdem sitze ich hier und warte, in der Hoffnung, dass ich sie wiedersehen kann."

Der Mann blickte wieder auf das Wasser, und ich konnte die Sehnsucht in seinem Blick erkennen.
„Manchmal“, fügte er hinzu, „höre ich die Wellen flüstern, und ich glaube, dass sie mir nahe ist. Vielleicht wird sie eines Tages zurückkehren, und wir werden wieder zusammen sein.“

Ich saß still neben ihm, berührt von seiner Geschichte und der Liebe, die er für Arila empfand. Der Sonnenuntergang malte den Himmel in leuchtenden Farben, und ich wusste, dass die Magie des Meeres und die Hoffnung auf Wiedervereinigung ihn weiterhin an diesen Ort ziehen würden.

15

Der Trödelladen

Ich hatte Feierabend und war auf dem Weg zur Bushaltestelle. Ich lief durch die Straßen, als plötzlich ein Regenschauer einsetzte. Die Tropfen prasselten auf den Asphalt und ließen die Welt um mich herum in einem grauen Schleier verschwinden. Auf der Suche nach Schutz fand ich einen Eingang zu einem kleinen Trödelladen. Das große Fenster bot mir einen Blick in den Laden, der mit allerlei Gegenständen gefüllt war, die Geschichten aus vergangenen Zeiten erzählten.

Mein Blick fiel auf ein Spielzeug, das mich sofort in seinen Bann zog: ein bunter Kreisel, der beim Draufdrücken ein heulendes Geräusch von sich gab. Erinnerungen strömten in meinen Kopf. Ich hatte so einen Kreisel als kleiner Junge gehabt, und die bunten Farben hatten mich immer fasziniert. Sie schimmerten im Licht und schienen zu tanzen, als ob sie mir etwas erzählen wollten. Woher hatte ich den Kreisel bekommen? War es ein Geschenk von meinen Eltern oder vielleicht von einer Tante?

Die Neugier trieb mich in den Laden. Ich trat ein und der Geruch von altem Holz und Staub umhüllte mich. Der Verkäufer, ein älterer Mann mit einem freundlichen Lächeln, nickte mir zu, während ich den Kreisel aufhob und ihn sanft drückte. Das heulende Geräusch erfüllte den Raum, und ich konnte nicht anders, als zu lächeln. Es war, als würde die Zeit für einen Moment stillstehen.
„Ich nehme ihn“, sagte ich und legte ein paar Münzen auf den Tisch. Doch als ich mich umdrehte, fiel mein Blick auf einen Puppenwagen in der Ecke des Raumes. Darin saß ein Teddy, der verblüffend ähnlich aussah wie mein verstorbener Bruder. Seine Augen schienen mich anzustarren, und ich fühlte einen stechenden Schmerz in meiner Brust. Wieso musste ich zu diesem Trödelladen kommen?

Ich näherte mich dem Puppenwagen und betrachtete den Teddy genauer. Er hatte die gleiche Fellfarbe wie die krausen Haare meines Bruders und ein Lächeln, das mich an die fröhlichen Tage meiner Kindheit erinnerte. Erinnerungen an Spiele, Lachen und die unbeschwerte Zeit, die wir zusammen verbracht hatten, überfluteten mich. Tränen stiegen mir in die Augen, als ich an all die Momente dachte, die ich verloren hatte.
„Das ist ein ganz besonderer Teddy“, sagte der Verkäufer, der meine Reaktion bemerkt hatte. „Er hat viele Geschichten zu erzählen. Vielleicht ist er genau das, was du brauchst, um die Erinnerungen an einen Menschen lebendig zu halten.“
Ich zögerte einen Moment, dann wusste ich, dass ich ihn haben wollte. „Ich nehme auch den Teddy“, sagte ich und fühlte, wie sich ein warmes Gefühl in meinem Herzen ausbreitete. Es war, als würde ich ein Stück meiner Kindheit zurückbekommen, ein Stück meines Bruders.

Als ich den Trödelladen verließ, hielt ich den Kreisel in einer Hand und den Teddy in der anderen. Der Regen hatte nachgelassen, und die Sonne brach durch die Wolken. Ich fühlte mich, als hätte ich nicht nur Spielzeug, sondern auch einen Teil meiner Vergangenheit zurückgewonnen. Vielleicht war es kein Zufall, dass ich hierher gekommen war. Vielleicht war es das Schicksal, das mich gelehrt hatte, dass Erinnerungen nie ganz verloren gehen, solange wir bereit sind, sie zu bewahren.

16

Ave Maria

(Eine mündliche Überlieferung, die sich so zugetragen haben soll.)

Jakob Moesker wartete sehnsüchtig darauf, endlich Feierabend zu haben, denn er war schon seit 12 Uhr mittags bei der Arbeit in der Glashütte und jetzt war es 23 Uhr. In der Hütte war es grausam heiß, und die kühle Septemberluft im Jahr 1948 war für Jakob eine Wohltat. Er war froh, dass der furchtbare Krieg vor ziemlich genau drei Jahren vorbei war und dass er als eingereister Holländer in Deutschland arbeiten durfte. Hier hatte er seine Frau Anni geheiratet und mit ihr sieben Kinder bekommen.

Als Jakob die Glashütte verließ, atmete er tief durch und genoss die frische Luft. Er trank noch hastig einen Schluck Wasser aus seiner Glasflasche, denn er musste fast drei Kilometer über einen Sandweg durch ein kleines, dunkles Wäldchen laufen und hatte deshalb eine Karbidlampe bei sich. Sie leuchtete ihm den Weg, den er aber eigentlich schon auswendig kannte.

Als Jakob fast die Hälfte des Wäldchens durchquert hatte, blieb er plötzlich stehen. Was war das dort im Wald für ein Geräusch? Er verließ den Weg und ging einige Meter durch die Bäume. Immer deutlicher hörte er, wie eine Frauenstimme glockenhell das Ave Maria sang. Er hatte so etwas Schönes noch nie gehört und kniete andächtig nieder. Als das Lied beendet war, rief Jakob mit lauter Stimme: „Hallo, ist da jemand?“ Aber niemand antwortete, und es war auch keiner da. Jakob ging zurück zum Weg und sah dann auch schon die Straße, wo er wohnte.

Völlig durcheinander, erzählte Jakob zu Hause seiner Frau, was er erlebt hatte.

Anni schaute ihren Mann mit einem Kopfschütteln an und meinte nur: „Jakob, du bist total überarbeitet. Erzähle bloß niemandem davon, dann wirst du noch deine Arbeit los, weil du verrückt geworden bist.“ Damit war die Sache für sie erledigt, und sie stellte ihm einen Teller Möhreneintopf hin.
„Ich gehe schon mal ins Bett“, sagte sie zu ihrem Mann. „Es war heute ein langer Tag. Gute Nacht, bis morgen." Das Erlebnis ihres Mannes hatte sie schon wieder vergessen.

Am nächsten Abend war Jakob gespannt, ob er wieder etwas hören würde und blieb eine Zeitlang an einem Baum gelehnt stehen, wo er am Abend zuvor diese wunderschöne Stimme gehört hatte. Aber es war nichts zu vernehmen, und auch in der Zukunft hörte er es hier nie wieder.

Acht Jahre später jedoch sollte sich Jakob wieder an das Ave Maria erinnern. Seine Frau war leider schon gestorben, und er hätte sie gerne noch einmal daran erinnert, was er damals gehört hatte.
Es wurde in Papenburg bekanntgegeben, dass in der Nähe von Jakobs Zuhause eine Kirche gebaut werden sollte. Bäume wurden gefällt und genau an der Stelle, wo Jakob das Marienlied einst gehört hatte, wurde diese neue Kirche gebaut. Am 01. Mai 1956 wurde der Grundstein gelegt, und schon ein Jahr später war die Kirche fertig. Man nannte sie Marienkirche und Jakob wusste, dass er genau hier ein Wunder erleben durfte.

17

Die gute Seele

Ein alter Mann, der in einem Seniorenheim lebte und keine Angehörige hatte, starb. Er war ein guter Mann gewesen, und ich war seine gute Seele. Ich verließ seinen alten Körper, um mich auf die Suche nach einem ebenso guten Körper zu machen. Eine Weile blieb ich noch bei dem alten Mann und begleitete ihn bis zum Tor des ewigen Reiches. Hier traf ich eine andere Seele, die ebenfalls ohne Körper war, und wir beide kamen ins Gespräch.
„Hallo, ich bin Wolo. Wie heißt du?“, fragte die andere Seele.
„Ich heiße Anima,“ sagte ich. „Wie schön, dass ich hier nicht so allein bin.“
„Ja, das kann ich nur bestätigen. Zusammen ist doch alles besser. Hattest du eine gute Zeit im Körper dieses alten Mannes, Anima?“
„Oh ja, ich hatte es gut bei ihm. Hermann war gütig und hat vielen Menschen geholfen. Er hatte eine Frau und einen Sohn, die aber beide bei einem Verkehrsunfall starben. Ach, wir wissen ja, dass jeder Mensch manches Leid ertragen muss, aber auch viel Freude haben darf. Wir Seelen dürfen alles miterleben, und ich habe meinem Körper oft die richtige Eingebung geben dürfen. Hermann hatte es gespürt und so gehandelt, dass es gut war.“

Wolo nickte und meinte: „Bei mir war es ähnlich. Lisa war etwas ganz Besonderes! Sie war beliebt und wurde leider wegen ihrer Güte auch oft ausgenutzt. Allerdings machte es ihr nichts aus, und die anderen Menschen sagten, sie sei eine gute Seele. Dann habe ich mich immer gefreut. Schade, dass sie gehen sollte, und ich sie verlassen muss!“
Wolo tat einen tiefen Seufzer und ich meinte: „Komm, wir suchen uns einen neuen, jungen Körper, in dem wir dann lange bleiben. Lass uns zum Krankenhaus gehen, denn dort werden die Babys geboren und wir können uns einen neuen Körper aussuchen.“

Allerdings war es nicht so einfach, wie wir es uns gedacht hatten. Es waren viele Seelen dort, die die Neuen sofort wegjagten. Da war nichts zu machen, das begriffen wir sofort. Wir schwebten noch in andere Abteilungen dieses Krankenhauses, aber auch hier war für uns nichts zu machen, denn viele Menschen starben an diesem Ort, und so kamen noch mehr Seelen hierher. Hier mussten wir weg!

Also verließen wir die Klinik und schwebten durch die Straßen der Stadt, und dann durch das ganze Land. Nirgendwo wurden wir fündig.

Auf einem Jahrmarkt waren alle fröhlich und vergnügt. Die laute Musik und das bunte Treiben hatten uns angelockt, und wir sahen, dass hier gute Menschen in jedem Alter waren. Da müsste doch etwas zu machen sein!
Ein Pärchen war fröhlich und ausgelassen in einem Karussell und war offensichtlich ganz verliebt.
Und, was das Beste war: Sie hatten keine Seelen! Doch das wäre beinahe schiefgegangen! Wie gut, dass die Seele dieser Frau noch in der Nähe war und uns warnte.
„Bei diesen Menschen bleibt ihr nicht lange, weil sie euch zerstören werden. Meine Seele wurde durch sie zerbrochen, denn sie hat ihre Kinder misshandelt und nur an ihr Vergnügen gedacht. Es ist vieles vorgefallen bei dem Pärchen, und sie sind von Grund auf schlecht."
Wir bedankten uns und mussten weitersuchen.

Wir waren im Parlament, wo einige Politiker ebenfalls ihre Seele verloren hatten, denn sie waren korrupt und gemein.
Wir besuchten reiche und arme Menschen, gingen zu Kindern und den Alten. Alle hatten entweder schon eine gute Seele oder waren seelenlos durch ihr eigenes Verschulden.

Drei Jahre waren nun schon vergangen, und die Sehnsucht nach einem Körper wurde immer größer. Wir schlenderten durch die Gassen einer

kleinen Stadt und schwebten wieder an die Fenster einiger Häuser. Es war Weihnachten, und das war so richtig ein Fest für die Seele.
Als wir zu einem kleinen, sehr gepflegten Häuschen kamen, war von der Idylle der anderen Häuser bei diesem nichts zu spüren, denn hier herrschte Hektik, und die Menschen liefen immer zu einem bestimmten Zimmer.
Neugierig beschlossen wir, doch mal zu schauen, was hier denn los sei. Wir schwebten durch die Wand und sahen in dem kleinen Raum ein Körbchen mit einer Hündin, die erbärmlich aussah. Alle kümmerten sich rührend um sie, und nun bemerkten wir, dass die Hündin gerade ihre Babys bekam. Es war eine schwere Geburt, und durch die Liebe dieser Menschen waren die beiden Hundebabys gesund auf die Welt gekommen. Wolo und ich sahen uns an, und wir beide dachten dasselbe: Wer hat denn gesagt, dass wir nur in Menschen wohnen durften? Diese beiden kleinen Hunde brauchten eine Seele, und so schlüpften wir in die kleinen Körper.

Die Kleinen sind gute Hunde geworden, die beide ein wunderschönes Zuhause gefunden haben. Die neuen Besitzer hatten sofort gesehen, dass diese beiden reizenden Hunde gute Seelen hatten und waren spontan in sie verliebt.
Wolo und ich quiekten vor Freude und hatten eine wunderbare Zeit.

Fazit: Es soll vorkommen, dass viele Hunde bessere Seelen haben als die Menschen. Wenn bei ihnen die Seele einmal vorzeitig den Körper verlassen muss, dann nur, weil ein Mensch sie dazu gemacht hat. Wenn du einmal zweifelst, schau einem Hund tief in die Augen – dann siehst du seine Seele. Wetten?

Nun folgen einige Geschichten
von Ole T. aus Papenburg.
Sie sind damals wirklich
geschehen und bringen
mir auch heute noch
ein Lächeln auf die Lippen.

18

Ruhe sanft

Gisela ging es schlecht. Sie war heute beim Arzt, der ihr ein Zwölffingerdarmgeschwür diagnostiziert hatte, und dazu hatte sie auch noch eine Grippe. Sie legte sich ins Bett und schreckte hoch, als sie einen Knall hörte.
„Hallo, Mama“, klang es von der Eingangstür. Ihr Sohn Ole war von der Schule heimgekommen und konnte eine Tür nicht normal schließen. Er war im zweiten Schuljahr und war sehr lebhaft. Ole lief durch die ganze Wohnung, bis er sie im Bett entdeckte.
„Warum schläfst du noch, Mama?“, fragte er entrüstet. „Gibt es gar kein Essen?“
Sie richtete sich etwas auf und sagte zu ihm: „Ole, du musst heute bei Angelika essen, denn ich bin krank.“
Gisela erzählte ihm, was der Arzt gesagt hatte und dass sie Ruhe bräuchte. Sie hatte sofort, als sie nach Hause kam, ihre Schwester Angelika angerufen und gefragt, ob Ole zu ihr kommen könne.
„Natürlich kann er kommen“, sagte sie und fragte, ob Gisela auch etwas haben müsse.
„Nein, ich brauche nichts, außer Schlaf. Wenn du mir den kleinen Wirbelwind abnimmst, dann hast du mir schon sehr geholfen.“
„Natürlich“, sagte Angelika. „Ich mache ihm Pfannkuchen mit Apfelkompott, denn das ist ja sein Lieblingsessen. Und die Hausaufgaben macht er auch hier. Erhol dich gut, liebe Schwester.“
Das war schon eine große Erleichterung. Angelika wohnte nur zwei Wohnblocks entfernt, und Ole lief sofort los, als seine Mutter ihm gesagt hatte, dass es Pfannkuchen geben würde. Peng, die Tür knallte, und weg war er!
Als er bei seiner Tante ankam, klingelte er Sturm und rief schon auf der Treppe: „Geli, stell dir mal vor: Mama hat ein Geschwür mit zwölf Fingern. Sie schläft nun. Gibt es Pfannkuchen mit Apfelpott?“

„Mit Apfelkompott, Ole“, lachte Angelika.
Nach dem Essen sollte Ole seine Hausaufgaben machen, aber er behauptete steif und fest, dass er bei Mama immer zuerst auf den Spielplatz dürfe und danach die Aufgaben mache. Also gab Angelika nach und sagte ihm, dass er zwei Stunden bleiben dürfe. Wenn er dann nicht zurück wäre, würde sie ihn holen, und dann gäbe es Ärger. Ole hörte gar nicht zu. Er zog seine Jacke an und lief los, ohne den Reißverschluss zu schließen.

Ole ging immer eine Abkürzung, wenn er zum Spielplatz wollte, und die führte über den Friedhof. Auch an diesem Tag lief er über die Wege zwischen den Gräbern und blieb vor einem Container stehen, in dem Plastikabfälle waren. Schon von Weitem sah er eine weiße Schleife mit schwarzer Schrift. Ruhe sanft stand in großen Buchstaben darauf, und die Stimme seiner Mutter klang ihm in den Ohren: „Ole, Mama braucht Ruhe.“

Also riss er die Schleife aus dem Container und lief nach Hause. Er schloss die Tür leise, holte Stecknadeln, ging dann ins Schlafzimmer und befestigte ganz leise die Schleife über dem Bett mit der schlafenden Mutter. Das wird Mama freuen, dachte er bei sich, denn sie braucht ja Ruhe! Sanfte Ruhe! Danach ging er wieder zu Angelika, um seine Hausaufgaben zu machen.

Es fing schon an zu dämmern, als Gisela aufwachte. Der Schlaf hatte ihr gutgetan, und sie wollte nun ihre Schwester anrufen, damit sie Ole nach Hause schicken könnte. Sie knipste ihre Nachttischleuchte an und sprang vor Schreck aus dem Bett! Der Schein der Lampe fiel direkt auf die Schleife, und Gisela wusste instinktiv, wer diese über ihrem Bett angebracht hatte. Sie ging ins Bad und sah, dass dort im Waschbecken noch eine Schleife lag, die voller Dreck war. Die Schrift hatte Ole entfernt. Sie ging zum Telefon und wählte die Nummer.
Als Angelika abhob, sagte Gisela nur: „Gib mir bitte Ole. Er hat mir eine Leichenschleife übers Bett gepinnt. Was muss ich mit dem wohl noch erleben?“

Ole verstand nicht, warum seine Mama sich nicht freute. Er erklärte es ihr und meinte, die Schleife, die im Wasser liegen würde, sei seine. Daraus würde er sich eine Deutschlandfahne machen.
„Komm jetzt heim“, sagte sie nur und schüttelte ihren Kopf.

Als Ole nach Hause kam, knallte die Tür wieder, und der Schock hatte bei Gisela bereits nachgelassen.
„Ole“, sagte sie und nahm ihn in den Arm. „Das sind Schleifen von Kränzen, die den Toten gehören. Sie müssen auf den Gräbern bleiben. Ich weiß, dass du es gut gemeint hast, aber ich möchte diese Schleifen hier nicht haben!“
Ole sah sie empört an. „Die kommen nicht von den Gräbern! Die lagen im Container, und die darf man mitnehmen! Ich will meine behalten. Ich wasche die jetzt und dann bügele ich sie trocken. Das kannst du mir nicht verbieten!“
Gisela sah ihn lange an und sagte dann: „Weißt du was? Wenn ich wieder gesund bin, dann gehen wir beide zur Schneiderin, und die näht uns zwei Schleifen. Dann brauchst du diese nicht zu waschen, und meine neue kannst du bemalen und etwas darauf schreiben. Das ist doch viel schöner.“
Damit war er einverstanden. Gisela kannte ihren Sohn und wusste, dass er es morgen schon vergessen haben würde und entsorgte umgehend die beiden Schleifen.

19

Schnee schieben

Mit einer Tasse Tee in der Hand setzte sich Gisela an den Tisch vor dem Fenster. Draußen war alles weiß, denn es hatte die ganze Nacht geschneit, und es sah alles so sauber und friedlich aus.
Ihr Sohn Ole war begeistert! Er kam aus dem Kinderzimmer gestürzt und hatte seine Jacke in der Hand.
„Mama, schau mal, wie viel Schnee draußen ist! Ich muss sofort einen Schneemann bauen!“
„Halt! Stopp!“, sagte Gisela, „zuerst wird gefrühstückt und dann kannst du gehen.“ Ole warf seine Jacke auf den Fußboden, und Gisela zeigte nur mit dem Finger darauf. Mit einem lauten Seufzer hob er die Jacke auf und hängte sie an die Garderobe.
Gisela machte ihm einen heißen Kakao und fragte, was er auf seiner Brotschnitte möchte.
„Gar nichts“, sagte er eilig. „Ich esse die so.“
„Ole, setz dich sofort hin und iss in Ruhe dein Frühstück. Der Schnee ist den ganzen Tag da. Schau mal, es schneit schon wieder und du kannst fünf Schneemänner bauen, wenn du willst.“
„Einer ist genug“, meinte er und fing an, sein Marmeladenbrot in den Kakao zu tunken. Natürlich weichte das Brot auf und fiel in den Kakao. Ole fischte es mit den Fingern wieder heraus, und alles fiel auf den Tisch. Er wollte nun aufstehen, aber Gisela befahl ihm, sich wieder hinzusetzen und begann, ein neues Brot zu schmieren.
„Wenn du die Schnitte nicht vernünftig isst, dann mache ich dir noch eine, und zwar so lange, bis du sie gegessen hast. Dann muss der Schneemann warten!“, sagte sie streng. Sie wusste, dass er so schnell nicht wieder hereinkäme, um etwas in den Magen zu bekommen.

„Ich habe die gemeinste Mutter der Welt“, sagte er schmollend, aber das Brot aß er jetzt vorsichtig.

Einige Minuten später zog Gisela ihrem Sohn die Jacke an und setzte ihm eine Mütze auf. Die Tür knallte und Gisela nahm ihre Tasse, um sich noch einen Tee zu machen. Sie setzte sich wieder ans Fenster und sah ihrem Sohn zu, wie er mit dem Nachbarjungen Andreas den Schnee zu drei großen Kugeln rollte. Sie konnten sie allerdings nicht aufeinander setzen und fragten den Nachbarn Friedhelm, der am Schneeschieben war, ob er helfen könne. Schon bald war der Schneemann groß und schön, aber es musste noch ein Gesicht gemacht werden. Ole ging zu seiner Mutter und fragte sie, ob sie eine Möhre habe. Nein, eine Möhre hatte sie nicht, aber eine Gurke gab sie ihm und eine alte Schüssel als Hut.
Sie fragte Ole: „Wenn euer Schneemann fertig ist, kannst du dann unser Auto von dem Schnee befreien? Nur die Scheiben müssen frei. Hier hast du einen Eiskratzer. Ich muss nachher noch einkaufen fahren, und dann muss ich es nicht tun.“
„Mach ich, Mama“, sagte Ole und war schon verschwunden. Andreas hatte von seiner Mutter zwei blaue Plastikeierbecher bekommen, damit der Schneemann auch Augen bekäme. Sie suchten noch einige Zweige für den Mund und die Knöpfe und bestaunten ihr Werk. Der Schneemann sah klasse aus!

Die Nachbarn waren mit dem Schneeschieben fertig, und Ole nahm sich eine Schneeschaufel, die an der Hauswand lehnte, und gab sie Andreas.
Er selbst holte sich ebenfalls eine und sagte zu seinem Freund: „Komm, wir müssen den Schnee von Mamas Auto machen. Sieh mal, die anderen Wagen sind auch ganz voller Schnee. Wir machen alle sauber, dann freuen sich die Nachbarn.“
Andreas war etwas fauler als Ole und meinte: „Ach komm! Das sollen die doch selbst machen. Ich habe keine Lust dazu.“ Doch Ole ließ nicht locker, und als sie erst einmal dabei waren, machte es den beiden großen Spaß. Schnell waren sechs Autos vom Schnee befreit. Nicht nur die

Scheiben hatten sie gereinigt, nein, auch die Hauben waren mit dem Schneeschieber vom Schnee gesäubert worden.

Friedhelm war der Erste, der es sah, und es blieb ihm fast die Luft weg. Alle Autos hatten dicke Kratzer!
„Mein Alfa Romeo!“, rief er bestürzt. „Was habt ihr euch denn dabei gedacht? Oh nein, ich kann es gar nicht glauben!“
Ole sah ihn erstaunt an.
„Wir wollten euch helfen und haben alles sauber gemacht. Nun muss niemand mehr den Schnee von den Autos machen.“

Gisela kam aus dem Haus und wollte einkaufen fahren. Als sie einige Leute um Ole stehen sah, wusste sie, dass da etwas passiert war. Gerd kam und zeigte ihr, was gerade passiert war. Sie schloss die Augen und merkte, wie eine Träne an ihren Wangen herunterlief. Wie sollte sie das bezahlen? Sie war alleinerziehend und konnte noch nicht einmal das Lackieren ihres Autos finanzieren!

Andreas war nach Hause gerannt, als er merkte, dass es nicht gut war, was sie da gemacht hatten. Seine Mutter Anni kam nun auch zu dem Geschehen, und es stellte sich heraus, dass die beiden Kinder bei derselben Versicherung haftpflichtversichert waren. Gisela und Anni wussten, dass ihre Söhne es gut gemeint hatten, aber der Schock saß tief.

Die Versicherung hatte den Schaden beglichen, und der Vertreter hatte ein ernstes Wort mit den beiden Jungen gesprochen. Die zwei waren eine Zeit lang die liebsten Kinder.
Tja, eine Zeit lang eben nur!

20

Zu Weihnacht eine Knarre

Eine Woche vor Weihnachten war ich bei meiner Freundin Gisela zu Besuch. Sie hatte einen Weihnachtsbaum gekauft und ich half ihr, den großen Baum in die Wohnung zu tragen.
„Oje“, sagte ich zu ihr. „Du hättest besser einen kleineren Baum kaufen sollen!“
„Nein“, meinte sie kopfschüttelnd. „Ole soll ein schönes Weihnachtsfest haben, mit einem großen Baum. Mein Schwager Bernd kommt am Tag vor Heiligabend und schmückt ihn mit Ole. Wenn der große Tag dann da ist, kommen Bernd und Angelika zu uns zum Essen und bringen die Geschenke mit. Die hatte das Christkind unten im Hausflur abgelegt, und die beiden haben es mit hereingebracht. Das hatten sie auch schon im letzten Jahr so gemacht, und es kam gut an bei Ole.“
„Das klingt gut“, sagte ich lächelnd. „Ich möchte Ole auch gerne eine Kleinigkeit schenken. Weißt du, was ich ihm holen könnte?“
„Geh doch ins Kinderzimmer und frage ihn. Ihm fällt bestimmt etwas ein. Meistens sind es große Sachen, die er sich wünscht. Von mir bekommt er eine Autorennbahn, denn die möchte er schon lange haben.“
Also ging ich ins Kinderzimmer und fragte ihn, was er sich denn von mir zu Weihnachten wünschen würde.
Ganz spontan kam von ihm: „Eine Rennbahn, die wünsche ich mir so sehr. Kennst du das Christkind? Kannst du ihm wohl sagen, dass ich unbedingt die Bahn möchte?“
„Ja“, sagte ich, „das werde ich machen. Aber möchtest du sonst nichts?“
„Ich brauche noch ganz viele Sachen. Am meisten wünsche ich mir eine Knarre. Eine echte Knarre, die richtige Kugeln hat. René hat auch eine und schießt auf Dosen. Das möchte ich auch gerne.“
Ich kannte diese Plastikpistolen, die man auch mit Erbsen laden konnte, und fragte Gisela, ob ich Ole so eine Pistole kaufen dürfe. Heute sind

Pistolen für Kinder ein absolutes Tabu, aber früher achtete man nicht darauf.
„Das lass lieber sein“, sagte sie. „Wer weiß, was er damit anstellt.“
„Er wünscht sich diese Pistole so sehr, Gisela. Es sind ja nur wenige Kugeln dabei, und die hat er ja schnell verschossen. Dass man sie mit Erbsen laden kann, brauchst du ja nicht zu sagen.“
„Na gut“, lachte sie. „Aber die Verantwortung trägst du. Ich habe dir gesagt, dass es nicht so gut ist.“

Also kaufte ich im Spielzeugladen diese Knarre. Sicherheitshalber nahm ich noch eine Kindersonnenbrille mit, damit er sich nicht verletzen konnte, falls so eine Kugel mal zurückprallte. Man weiß ja nie!

Am Heiligabend bin ich also mit einer schönen Blumenvase für Gisela und dieser Pistole zu meiner Freundin gefahren, damit sie die Geschenke von mir mit unter den Tannenbaum legen konnte. Ich wollte die beiden Pakete nur abgeben und gleich wieder gehen, weil Gisela ja Besuch erwartete und wahrlich keine Zeit hatte. Aber das war nicht möglich, weil ich unbedingt noch die selbstgebackenen Plätzchen probieren musste und natürlich auch noch einen Kaffee bekam.
Ole sah, wie ich die beiden Pakete unter den Tannenbaum legte, der wirklich wunderschön geschmückt war. Die Kerzen waren zwar elektrisch, -wegen Ole-, sagte Gisela, aber sie sahen ziemlich echt aus und spiegelten sich in den großen, roten Kugeln wider.
Ole flehte mich an, dass er sein Päckchen nun schon öffnen dürfe, und ich konnte seinem Flehen und Bitten nicht widerstehen. Er nahm das Geschenk und riss das Geschenkpapier auf. Als er sah, was darin war, freute ich mich sehr über das Leuchten in den Augen dieses Kindes. Er war überglücklich, und ich war es auch. Am Heiligabend ein Kind so überwältigt zu sehen, da kommt weihnachtliche Freude auf.

Während Ole anfing, seine Knarre zu laden, ging ich wieder in die Küche, um mit Gisela Kaffee zu trinken. Wir hatten Ole ein paar Pappbecher gegeben, auf die er schießen konnte.

Nach kurzer Zeit kam er in die Küche gerannt und rief laut: „Das ist das beste Geschenk, das es gibt. Ich habe alle getroffen! Kommt mal mit und schaut euch das an!“ Wir standen also auf und folgten Ole ins Wohnzimmer. Mir stockte der Atem! Dieses Kind hatte alle Kugeln am Weihnachtsbaum abgeschossen und stand strahlend und stolz davor!
Gisela sagte nur: „Tja, ich habe es dir gesagt!“
Ich konnte es nicht glauben!
„Ole“, sagte ich, „nun habt ihr ja gar keine Kugeln mehr am Tannenbaum! Gleich kommen Angelika und Bernd, der sich solche Mühe mit dem Schmücken gegeben hat. Das ist nicht fair!“

Ich sammelte die Glasscherben auf, Gisela holte den Staubsauger, und sie befahl Ole, nicht ohne Pantoffeln hier zu laufen. Wir hofften, dass nicht noch weitere Glasstücke im Teppich waren, aber es sah nicht so aus. Natürlich hatten wir seine Kugeln auch mit weggesaugt, und das nahm Ole uns übel.
Er warf mir die Pistole vor die Füße und meinte: „Ihr seid gemein! Ohne Kugeln kann ich damit ja nichts anfangen, und du kannst die wieder mitnehmen.“
Schnell steckte ich die Pistole in meine Tasche.

Den Kaffee hatten wir uns nach diesem Schreck wirklich verdient. Bevor ich nach Hause fuhr, schauten wir noch zum Weihnachtsbaum und ich bemerkte, dass lauter weiße Teile im unteren Bereich des Baumes hingen. Ich fragte Gisela, was das wäre, und sie schlug sich Hände vor das Gesicht.
„Das sind meine Tampons“, sagte sie, und wir mussten laut lachen! Ole hatte es wohl wiedergutmachen wollen, was er da angerichtet hatte, und hatte die Tampons aus dem Spiegelschrank im Bad geholt.
„Wie gut“, lachte ich, „dass er sie nicht auch noch rot angemalt hat!“
„Wir lassen alles so, wie es nun ist“, sagte Gisela und meinte, dass es Schlimmeres geben könne.
Nach dem Fest habe ich neue Weihnachtskugeln gekauft. Wie gut, dass es noch welche gab.
Wer nicht hören will, muss fühlen!

Danksagung

Ohne die Hilfe von lieben Menschen, wäre dieses Buch niemals so geworden, wie es nun ist. Ich danke allen sehr dafür.

Ein besonderer Dank gilt meiner Freundin Hedwig in Wuppertal. Sie half, wo immer sie konnte, mit ihrem Rat und ihren Fähigkeiten.

Meinen beiden Schwestern, Anna und Hedwig, danke ich ebenso von ganzem Herzen. Sie haben meine Geschichten gelesen und immer ein ehrliches Feedback gegeben.
Ein ganz besonderer Dank für die Seitengestaltung gilt dir, liebe Hedwig. Gerne habe ich deine Hilfe angenommen.

Danke auch an meine Freundin Gisela, die mir die Erlaubnis gab, die Geschichten über Ole zu schreiben.

Ich danke der lieben, 10-jährigen Samira Winkelmann, die mir anbot, ein paar Bildchen für mein Buch zu zeichnen.

Danke an Jonathan, Mathea und an alle, die mir Mut machten. Ich hoffe, dass dieses Büchlein vielen Menschen Freude bereiten wird.

Inhalt

In diesen Geschichten wird unter anderem erzählt, warum der Mond nun Ohren haben wollte, über eine zu Herzen gehende Begegnung im Park, über eine Kindheitserinnerung, über einen Kater, der sich in ein Gardinenband einwickelte, oder es wird von Erzählungen aus alten Zeiten berichtet.

Das Buch hält 20 verschiedene Geschichten bereit, um Menschen aus ihrem Alltag zu entführen, damit sie sich nach der Hektik des Tages mit kleinen Geschichten zurückziehen können.
Sie sollen Freude und Ruhe geben, oder die Zeit beim Warten verkürzen.

Es könnte auch ein kleines Geschenk für einen lieben Menschen sein. Ob zum Geburtstag, zu Ostern oder Weihnachten, zum Muttertag oder zu sonstigen Anlässen. Es gibt so viele Möglichkeiten, einem anderen Menschen eine Freude zu machen.

